Dosbarth Miss Prydderch a'r Dreigiau

Llyfr 5

★ ★ ★

MERERID HOPWOOD

Lluniau gan
RHYS BEVAN JONES

Gomer

Cyfarwyddiadau

Annwyl Ddarllenydd,

Croeso i Ddosbarth Miss Prydderch.
A diolch i ti am fod yn barod i fentro
ar y daith!
Cofia:

★ Pan fyddi di'n gweld yr arwydd
   hwn yn y llyfr, os oes gen
   ti amser, gwibia draw i
   www.missprydderch.cymru
   i gael mwy o wybodaeth.

★ Weithiau byddi di'n gallu gweld llun neu
   esboniad yno.
   Does dim rhaid i ti eu darllen nhw, ond
   bysen ni'n dau'n hoffi meddwl dy fod yn
   gwneud.

★ Ar ymyl ambell dudalen bydd sylwadau
   bach mewn bybls gan naill ai fi neu Alfred

★ Os nad wyt ti'n hoffi'r darluniau, dim problem – gelli di ddychmygu rhai gwahanol yn eu lle. Wedi'r cyfan, dim ond dychymyg sy'n dweud beth yw lliw a llun pethau mewn llyfrau fel y llyfrau hyn.

Gan obeitho'n fawr y byddi di'n mwynhau'r stori a'r siwrnai.

Gyda dymuniadau gorau,

Yr un sy'n dweud y stori

Cyhoeddwyd gyntaf yn 2018 gan Wasg Gomer,
Llandysul, Ceredigion SA44 4JL
www.gomer.co.uk

ISBN 978 1 78562 220 5

ⓟ testun: Mererid Hopwood, 2018 ©
ⓟ lluniau: Rhys Bevan Jones, 2018 ©

Mae Mererid Hopwood a Rhys Bevan Jones
wedi datgan eu hawl dan Ddeddf Hawlfreintiau,
Dyluniadau a Phatentau 1988 i gael eu cydnabod
fel awdur ac arlunydd y llyfr hwn.

Cyhoeddwyd gyda chymorth ariannol
Cyngor Llyfrau Cymru.

Argraffwyd a rhwymwyd yng Nghymru gan Wasg Gomer,
Llandysul, Ceredigion SA44 4JL

I Elliw, Gwenllian, Beca, Myfi Huw a Sofia
– RBJ

Gyda diolch i Nia Parry, Sam Brown, Gary Evans a
Louise Jones am hwyluso'r gwaith drwy'r wasg a'r we,
ac i Sioned Lleinau am ei chefnogaeth
ar ddechrau'r daith.

Wyt ti'n cofio?

◆◆◆◆◆◆◆◆◆◆◆◆◆◆◆◆◆◆◆◆◆◆◆◆◆◆◆◆◆◆◆◆◆◆

Gobeithio dy fod wedi mwynhau darllen Llyfr 4, a bydd hi'n anodd i ti ddeall Llyfr 5 yn iawn oni bai dy fod wedi darllen Llyfr 4. Ond er mwyn dy helpu di i gofio beth ddigwyddodd, dyma'r stori'n fyr iawn, iawn.

Mae Dosbarth Miss Prydderch wedi cyrraedd yr Eisteddfod Genedlaethol yng Nghaerdydd. Maen nhw bron i gyd yn aros yn y Maes Carafannau ac maen nhw yna er mwyn gwneud dau beth:

1) gwerthu pob math o nwyddau ar stondin Gwaelod y Garn, sef y Stondin 7G

2) canu ar lwyfan y pafiliwn yn ystod seremoni Cymdeithas Gwlân Cymru

Ond yn ystod ymweliad â Chastell Caerdydd wrth i Miss Prydderch ddweud stori Tŵr y Mwg wrth y dosbarth, trodd y disgyblion i gyd yn greaduriaid rhyfedd, yn hanner plant, hanner anifeiliaid. Enw'r creaduriaid hyn yw'r 'planteiliaid'. Yn fwy na hynny, llithrodd Alfred i lawr y grisiau du i waelod y tŵr, ac yno, roedd Morfarch a Draig bron iawn â diflannu yn drist ac yn dywyll ac yn unig. Roedden nhw mewn perygl, ac roedd rhaid i Alfred – ac Elen – eu helpu.

A thu allan i fyd y planteiliaid, 'nôl yn yr Eisteddfod, roedd problem wahanol yn wynebu pawb. Roedd y tywydd wedi troi, ac roedd pob carafán wedi diflannu dan orchudd o niwl trwchus.

23

Lladron

◆◆◆◆◆◆◆◆◆◆◆◆◆◆◆◆◆◆◆◆◆◆◆◆◆◆◆◆◆◆◆◆◆◆◆◆

Sut allai llond cae o garafannau DDIFLANNU? Roedd hi'n anodd credu'r peth.

Doedd dim sôn am garafán 473 – un Anwen Evans a Cadi Thomas, na charafán 474 – un Miss Prydderch, na 475 – un Mali a Miriam a'r ddau gi, Tomos a Llewelyn (y teulu o Gaerdydd), na 476 – un Lewis Vaughan a Gwyn a Myng, na 477 – un Mr a Mrs Elias.

'Carthen' yw blanced trwm ac mae Alfred yn iawn, mae niwl trwchus fel blanced trwm.

Roedd carthen fawr drwchus a llwyd o niwl wedi disgyn dros Gaerdydd ac wedi llyncu pob carafán o'r golwg.

Doedd dim posib gweld dim pellach na lled braich. Lle roedd popeth wedi bod yn felyn a glas a gwyrdd a gwyn a choch a phinc … roedd y cyfan wedi troi yn llwyd. Doedd dim golwg o'r baneri lliwgar, dim golwg o'r arwyddion melyn, dim golwg o'r glaswellt na'r awyr las.

Ac roedd y criw i gyd dwtsh bach yn ofnus.

'Dewch yn ôl i'r adlen!' meddai Miss Prydderch yn gadarn.

Estynnodd am ei bag llwyd ac aeth ei

Gair Mam Alfred am 'ychydig' yw 'twtsh'.

Fel wyt ti'n cofio o lyfr 4, 'adlen' yw rhywfath o babell sy'n mynd ar ochr carafán neu gamper-fan ac yn creu mwy o le.

llaw i'w grombil. Tynnodd allan fandiau a gwasgodau melyn llachar i bob disgybl.

'Rhaid i ni gyd wisgo'r rhain fel ei bod hi'n haws ein gweld ni, a rhaid i bawb aros yn agos at ei gilydd!'

Yna, â phawb yn edrych yn felyn ac yn llachar, a chan ddal yn dynn yn ei gilydd, dechreuodd y criw gerdded tuag at Stryd y Stondinau.

Roedd gan Ben Andrews olau ar ei gadair olwyn felly aeth e i'r blaen i arwain pawb.

Mae Mrs Wyndham yn trio ei gorau i siarad Cymraeg.

Pan gyrhaeddon nhw Stondin 7G o'r diwedd, roedd mwy o newyddion drwg yn eu disgwyl. Newyddion drwg iawn, a dweud y gwir.

Mr a Mrs Wyndham oedd ar y rota i ofalu am y stondin, ac roedden nhw mewn ychydig o banic.

'Miss Prydderch!' meddai Mrs Wyndham. 'I'm so hapus to see you. I have news drwg. Drwg news. Not good. Dim yn dda. Mae THIEVES wedi bod yn y stondin ...'

'Thieves?' holodd Miss Prydderch. 'Lladron? Yn ein stondin ni?'

Lladron? Lladron?! Edrychodd y plant a'r oedolion ar ei gilydd. Lladron yn yr Eisteddfod?! Pwy allai gredu'r fath beth?!

Sef y gair Saesneg am 'niwl'.

'Yes, ydy, ie, oes. I know, it's awful. Achos y *fog* nobody saw them. Ac maen nhw wedi stolen blancedi, belts, bobbles, a lot o things. We're not siŵr beth.'

'Wel, wel, wel,' meddai Miss Prydderch yn drist. 'Mae hyn yn newyddion go ddrwg. Ond y peth pwysig yw eich bod chi'n iawn. A bod neb wedi cael niwed.'

Edrychodd o'i chwmpas. Gwelodd fod y ddwy ddafad, Gwen a Gwlanog, yn dal yno. Roedden nhw'n dwy'n ddiogel yn eistedd ar eu cadeiriau yn y gornel.

'Dydyn nhw ddim wedi dwyn y defaid o leiaf,' meddai, cyn dweud: 'Af i at stondin yr heddlu'n syth. Ben – wyt ti'n fodlon dod gyda fi?'

Yna, gan droi at Alfred a'r gweddill dwedodd, 'Ewch chi ati i gymryd stoc.'

'Beth yw cymryd stoc?' holodd Anwen Evans.

'Cymryd stoc yw gwneud rhestr o bopeth sydd yn y stondin. Wedyn byddwn ni'n gallu gweld yn union beth sydd wedi cael ei ddwyn a beth sydd ar ôl. Ydy pawb yn deall?'

Nodiodd pawb mewn ychydig o sioc.

A bant â Miss Prydderch gyda Ben yn ei gadair olwyn a'i olau arni'n arwain at yr heddlu.

Niwl. Ym mis Awst. Lladron.

Dyna ddiflas.

24

Mwy o niwl

◆◆◆◆◆◆◆◆◆◆◆◆◆◆◆◆◆◆◆◆◆◆◆◆◆◆◆◆◆◆◆◆◆

Os oedd y niwl yn drwchus ddydd Sul, roedd yn fwy trwchus fyth erbyn dydd Llun, a doedd dim posib gweld heibio blaen eich trwyn. Yn waeth na hynny, roedd y lladron wedi bod wrth eu gwaith eto!

Roedden nhw wedi dwyn pob math o bethau o bob stondin, bron … llestri, teganau, crysau-T, sebon, llyfrau,

Yn ddiddiwedd yw 'heb ddiwedd'.

clustdlysau, lluniau … Roedd y rhestr yn ddiddiwedd.

Roedd trefnwyr yr Eisteddfod a'r heddlu'n cerdded o gwmpas y lle gyda ffeiliau yn holi pawb yr un cwestiwn:

'Ydych chi wedi gweld rhywbeth amheus?'

Roedd Alfred yn bendant yn meddwl ei fod wedi gweld rhywbeth amheus. Roedd e'n meddwl ei fod wedi gweld hanner cysgod draig yn gwibio o flaen talcen adeilad Canolfan Mileniwm Cymru. Roedd e hefyd yn meddwl ei fod wedi gweld yr un ddraig yn troi'n goch ar wal y cyntedd. Roedd e hefyd yn weddol siŵr

Os oes rhywbeth yn 'amheus' mae'n rhywbeth sy'n gwneud i chi feddwl nad yw'n hollol iawn a meddwl bod rhywbeth o'i le.

ei fod wedi gweld amlinell draig a morfarch yn seler dywyll tŵr castell Caerdydd …

Ond rywsut, doedd e ddim yn meddwl bod yr un o'r pethau hyn ddim byd oll i'w wneud â'r lladron. A phenderfynodd ei bod hi'n well peidio â sôn gair wrth neb. A beth bynnag, fyddai neb yn ei gredu.

Penderfynodd Alfred hefyd y byddai, o hyn allan, yn cerdded o gwmpas gan ddal yn dynn, dynn yn ei wregys gyda'i law ar waled fach y chwistl-drwmp yn saff. Roedd newid siâp y chwistl-drwmp yn un peth, roedd ei cholli hi i leidr yn rhywbeth hollol wahanol. Doedd e DDIM eisiau i NEB ddwyn honno.

Nos Lun, gan fod gormod o niwl i chwarae pêl-droed, roedd Dewi Griffiths ac Alfred, Max a Molly ac Elen Benfelen yn yr adlen yn chwarae cardiau gyda phlant y garafán drws nesaf. Nhw oedd plant y teulu o Gaerdydd, ac roedd Alfred wedi dysgu mai Miriam a Mali oedd eu henwau, ac enw'r ddau gi oedd Llewelyn a Tomos. Roedden nhw wedi dod draw â phapur tynnu lluniau, creonau a llyfr posau, ac roedd Elen a'r pedwar M – Miriam, Mali, Max a Molly – wrth eu bodd yn tynnu lluniau, yn enwedig Elen. Roedd hi'n artist arbennig. Ond roedd yn well gan Dewi ac Alfred wneud y chwilair a'r croesair.

Ar un dudalen yn y llyfr posau, roedd pos o'r enw'r ANAGRAM.

Doedd Alfred, Dewi na Lewis Vaughan ddim yn siŵr beth oedd anagram, felly dangosodd Mali a Miriam iddyn nhw. Anagram yw geiriau gyda'r llythrennau yn y drefn anghywir; e.e. anagram o 'llwybr' yw 'brwyll' ac anagram o 'carafán' yw 'náfraca'.

Roedd gêm yr anagramau'n swnio'n llawer o sbort i'r tri ffrind a dechreuon nhw arni'n syth. Roedden nhw wedi gwneud tua saith anagram pan, yn sydyn, neidiodd rhywbeth allan o'r dudalen a tharo Alfred yn ei dalcen. Ar y dudalen o'i flaen, mewn llythrennau clir, roedd y gair

'Leph.'

> Doedd dim byd wedi neidio o'r dudalen go iawn, wrth gwrs; dim ond ffordd o ddweud bod rhywbeth wedi dod yn amlwg i Alfred yn sydyn . . .

Leph?! Leph?!

Cofiodd yn syth am y ddraig drist.

'Leph, leph, silp,' meddai Alfred yn uchel heb sylweddoli.

'Beth?' dwedodd Dewi. 'Leph, leph, silp? Dim ond LEPH sy fan hyn. Sdim SILP!'

'Ti'n iawn,' dwedodd Alfred, gan geisio swnio'n hollol cŵl. *Leph.* 'Mmmm, gad i ni feddwl. Anagram o beth yw LEPH? Dwedodd y llythrennau'n araf: 'L-E-P-H,' cyn i Lewis Vaughan weiddi: 'HELP!! Dyna beth yw LEPH. HELP!'

A chyn gynted ag y dwedodd Lewis hyn, sylweddolodd Alfred mai SLIP oedd PLIS.

Aeth saeth drwy galon Alfred. Roedd

y ddraig goch, druan, yn gofyn iddo am help.

Leph, leph, silp = Help, help, plis.

A'r nos Lun honno, ar ôl i bawb fynd 'nôl i'w carafán eu hunain, doedd dim pwynt i Alfred edrych ar y sêr. Doedd dim sôn amdanyn nhw. Roedd gormod o niwl. Ond roedd Alfred yn gwybod nad oedd pwynt chwaith iddo geisio gwthio'r Morfarch na'r Ddraig i waelod ei feddwl ddim mwy. Roedd rhaid iddo ddychwelyd i'r seler ...

Ac roedd e'n gwybod er mwyn gwneud hynny, byddai'n rhaid i Miss Prydderch alw pawb i'r carped hud i gael stori. A chan fod y niwl mor drwchus a

Sef 'mynd yn ôl'.

19

dim posib chwarae tu fas, roedd Alfred yn siŵr y byddai hi'n dasg hawdd perswadio'r criw i ddod at ei gilydd i glywed mwy am y Tŵr Mwg.

Bore fory amdani!

A chaeodd ei lygaid yn dynn i freuddwydio am ddreigiau a lladron.

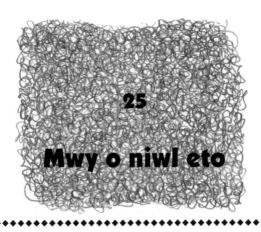

25

Mwy o niwl eto

◆◆◆◆◆◆◆◆◆◆◆◆◆◆◆◆◆◆◆◆◆◆◆◆◆◆◆◆◆◆◆◆◆

Wrth 'molchi a bwyta brecwast fore Mawrth, roedd Alfred wedi bod yn paratoi yn ei ben sut oedd e'n mynd i ofyn i Miss Prydderch am stori yn y bore. Roedd e'n siŵr y byddai pawb eisiau stori, ond doedd e ddim eisiau bod yr un oedd yn gofyn. Doedd e ddim yn meddwl ei bod hi'n beth cŵl iawn i ofyn am stori pan oeddech chi'n Blwyddyn 6.

Dyna beth oedd Mrs Wyndham wedi'i ddweud. Ond dydy Mrs Wyndham ddim yn ddoctor.

Ond gyda lwc **ANFERTH**, ar ddiwedd yr ymarfer, gofynnodd Sara-Gwen yr UNION beth.

Dyma beth ddigwyddodd.

Roedd ymarfer bore Llun wedi mynd yn eithaf da, er bod Molly ddim yno. Roedd Molly'n gallu canu'n arbennig o dda ond roedd hi wedi colli ei llais (falle oherwydd yr holl niwl) ac roedd Mrs Wyndham, mam Molly, wedi dweud bod rhaid iddi aros yn y camper-fan.

Roedd Miss Prydderch wedi gofyn i Alfred ganu'r chwistl-drwmp, ac er bod yr offeryn wedi newid ei siâp yn llwyr, llwyddodd Alfred i gael tiwn mas ohono. Ffiw. Fodd bynnag, wrth chwythu'r chwistl-drwmp rhwng y penillion roedd

22

wedi gwneud yn siŵr ei fod e'n gwneud hynny gydag un droed y tu allan i'r adlen. Roedd hefyd wedi gwneud yn siŵr fod y nodau i gyd yn mynd tuag allan a ddim tuag i mewn. (Ti'n gweld, doedd e dal ddim yn meddwl ei bod hi'n syniad da iddo ganu'r chwistl-drwmp tu fewn – er nad oedd e'n gwybod pam – dim ond teimlad oedd ganddo yn ei fola, achos roedd e'n cofio bod ei fam wedi dweud sawl gwaith na fyddai ei dad FYTH yn canu'r chwistl-drwmp dan do.)

Roedd Miss Prydderch, Pud Pickles, Mr Elias a Mrs Elias i gyd yn hapus iawn ac yn meddwl bod y criw o'r diwedd yn

Roedd Mrs Elias erbyn hyn yn edrych yn debyg i falŵn oedd ar fin mynd POP gyda'r babi bach y tu mewn iddi'n tyfu bob dydd.

23

barod i ganu ar y llwyfan mawr brynhawn ddydd Mawrth. SEF FORY!!

Yr unig beth nawr oedd gobeithio'n fawr y byddai Molly'n well erbyn hynny.

Fodd bynnag, er hyn i gyd, roedd golwg drist ar wyneb Mr Elias, ac er iddo ddweud 'da iawn, da iawn, da iawn,' roedd hi'n amlwg bod rhywbeth ddim yn 'dda iawn'.

Ac ar ôl rhoi clap bach, dwedodd e hyn:

'Yr unig biti yw na fydd neb yno yn gwrando arnoch chi. Does neb eisiau mentro allan o'u tai yn yr hen niwl trwchus 'ma. Mae llawer o'r Eisteddfodwyr arferol wedi cadw draw ac maen nhw wedi

Roedd Mr Elias yn dweud 'da iawn' drwy'r amser, hyd yn oed pan doedd pethau ddim yn dda iawn o gwbl.

24

aros adre. Mae trefnwyr yr Eisteddfod yn edrych yn drist iawn. Niwl. Niwl. Niwl. Diflas! Diflas! Diflas! Da iawn.'

Ac allan ag e â'i ben yn ei blu.

Roedd pawb yn teimlo'n gwbl fflat. Ar ôl yr HOLL ymarfer, doedd neb yn mynd i glywed eu cân. Dyna pryd gododd Sara-Gwen ei llaw i ofyn cwestiwn.

'Miss Prydderch? Mae pawb mor ddiflas, chi'n meddwl gallwn ni gael stori? Allwn ni gael mwy o hanes Tŵr y Mwg, plis? Oes amser?'

Edrychodd Miss Prydderch ar y criw. Roedd wyneb pawb yn dweud 'plis'.

Ac roedd tu mewn i ben Alfred yn

Wel . . . dim Alfred. Doedd Alfred ddim yn poeni llawer am hyn. Doedd e ddim wir yn hoffi canu.

dweud HWRÊ!!!! A'r cyfan allai Alfred feddwl amdano oedd 'silp'. Leph. Leph. Silp … Help. Help. Plis. Edrychodd Miss Prydderch ar ei horiawr. Deg o'r gloch.

'O'r gorau,' meddai Miss Prydderch, 'mae digon o amser am un stori fach.'

'Un stori fach!' meddyliodd Alfred â'i galon e'n curo fel drwm. 'Reit! Bydd rhaid i fi fod yn gyflym. Cyn gynted ag y bydd y stori wedi cyrraedd Tŵr y Mwg, bydd rhaid i fi fynd i'r seler … neu efallai bydd hi'n rhy hwyr.'

Estynnodd Miss Prydderch am y bag rhwyd a thynnu'r carped a'r stôl deircoes allan.

'Dewch i gyd at eich gilydd.'

Doedd dim angen iddi ddweud ddwywaith. Mewn chwinciad, roedd pawb wedi gwasgu gyda'i gilydd ar y carped.

A phe byddech chi wedi bod yn mynd heibio i garafán 474 yr eiliad honno, byddech chi wedi clywed llais Miss Prydderch yn dweud:

'Tŵr y Mwg! Bant â ni!'

Ond go brin y byddech chi wedi gweld y carped yn chwyrlïo drwy ddrws cynfas yr adlen ac allan ac i fyny i gyfeiriad Castell Caerdydd.

Roedd gormod o niwl.

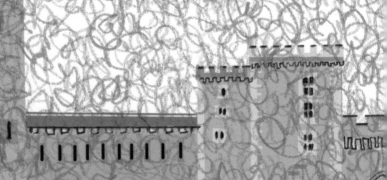

26

Yn ôl i'r tŵr

Wrth i'r carped agosáu at y castell,
disgynnodd tuag at Fur yr Anifeiliaid, ac
yn union fel o'r blaen, trodd y plant i gyd,

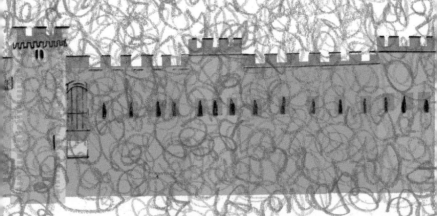

fesul un, yn anifail, a'r anifeiliaid i gyd,
fesul un, yn blentyn.

Racŵn	Max
Afanc	Alfred
Arth	Anwen Evans
Blaidd	Ben Andrews
Epa	Cadi Thomas
Fultur	Dewi Griffiths
Llewes	Elen Benfelen
Llewpart	Gwyn Jones
Lyncs	Lewis Vaughan
Morgrugysor	Rhian Beynon
Morlo	Sara-Gwen
Pelican	Siân Caruthers
Udfil	Siôn Bevan

Ti'n cofio o Lyfr 4 bod camgymeriad fan hyn. Mae 'L' yn dod o flaen 'Ll' yn y wyddor!

30

Yna, yn sydyn, cododd y carped fel fflach a nesáu at y tŵr. Agorodd y gwynt y ffenest ac i mewn â'r criw i Ystafell yr Haf.

BWMP.

Roedd Alfred-afanc bron â marw eisiau clywed mwy am hanesion Miss Llewerch am y castell, am y Rhufeiniaid a'r Normaniaid ac am Owain Glyndŵr, ond doedd dim amser i'w wastraffu. Edrychodd yn waled ei wregys. Oedd, roedd y creonau yno'n ddiogel. Yn dynn ar bwys y chwistl-drwmp. Creon wen. Creon goch. Creon binc. A'r dortsh fach. Byddai'n rhaid iddo fynd yn syth at y grisiau troellog a mentro bob cam i'r gwaelod. Ac roedd rhaid iddo fynd ag Elen gyda fe.

Oherwydd roedd e wedi cael syniad. Ac er mwyn i'r syniad weithio, roedd rhaid iddo gael help Elen.

Felly, wedi i'r carped lanio gyda bwmp ac wedi i gloc y tŵr daro naw ac wedi i'r cyfan grynu a chrynu ac wedi i'r planteiliaid rolio'n bendramwnwgl ar y llawr ac wedi i bawb stopio rolio, roedd Alfred-afanc wedi gwneud yn siŵr ei fod e ac Elen-llewes yn eistedd ar ben y rhes yn agos at y drws. A phan ddechreuodd Miss Llewerch ddweud ei stori, sibrydodd Alfred-afanc wrth Elen-llewes:

'Mafagae'n rhafagaid ifigitifi ddofogod gyfygydafaga fifigi, plifigis.'

Chwarae teg i Elen-llewes, wnaeth hi

Mae'n rhaid i ti ddod gyda fi plis.

32

Beth yn y byd wyt ti'n wneud?

ddim holi pam, a'r peth nesaf, roedd y ddau'n llusgo'n dawel, dawel ac yn nes ac yn nes at y drws.

Heb ddweud gair, cydiodd Alfred-afanc yn llaw Elen-llewes a'i thynnu at y grisiau troellog.

'Befegeth yfygyn yfygy byfygyd wfwgwyt tifigi'n wnefegeud?' gofynnodd hi'n betrus. 'Befegeth syfygy'n bofogod?'

'Sori. Dwi'n gwybod – mae'n dywyll. Mae'n sbwci iawn. Ond mae'n rhaid i ni fynd i lawr y grisiau. Mae dau ffrind mewn seler ar waelod y grisiau. Maen nhw bron â diflannu. A dwi'n gwybod y byddi di'n gallu eu helpu nhw'n fwy na neb …'

Edrychodd Elen-llewes ar Alfred-afanc.

Beth sy'n bod?

33

Alfred! Cym off it!

Oedd e wedi mynd yn hollol hurt? Roedd y grisiau'n dywyll ac yn droellog. Doedd hi ddim eisiau mynd i lawr o gwbl.

'Afagalfrefeged!' sibrydodd. 'Cyfygym offogoffifigit!'

Ond roedd llygaid bach Alfred-afanc mor daer, ac yn ei chalon, roedd Elen yn gwybod y byddai'n rhaid iddi fynd.

A bant â'r ddau i lawr ac i lawr ac i lawr … bob cam at y drws bach du.

34

27

Mwy o ladron

◆◆◆◆◆◆◆◆◆◆◆◆◆◆◆◆◆◆◆◆◆◆◆◆◆◆◆◆◆◆◆◆

Tra roedd y planteiliaid i gyd yn y tŵr
(wel, 12 ohonyn nhw; roedd 2 ohonyn
nhw ar eu ffordd i lawr at y seler ddu ar
waelod y grisiau troellog), roedd pethau'n
mynd o ddrwg i waeth yn y niwl mawr ar
Stryd y Stondinau.

Roedd Mr Griffiths a Mr Pickles wedi
cyrraedd drws stondin 7G am chwarter i
naw o'r gloch y bore yn brydlon, fel roedd

y rota'n ddweud. Roedden nhw wedi gadael digon o amser i gerdded draw o'r Maes Carafannau, oherwydd yn y niwl trwchus peth hawdd iawn fyddai mynd ar goll.

Doedden nhw ddim wedi gweld fawr neb ar y daith draw, dim ond rhai o drefnwyr yr Eisteddfod yn cario ffeiliau ac yn edrych yn drist am fod gymaint o bobl ddim yn mentro dod drwy'r niwl i'r Eisteddfod. Roedden nhw hefyd wedi clywed un côr yn ymarfer ar gornel stryd a dwy delynores yn tiwnio eu telynau ar bwys Canolfan Mileniwm Cymru.

Roedden nhw wedi dweud 'bore da' wrth un dyn tal pen moel, oedd yn edrych braidd yn rhyfedd, gan ei fod yn

cerdded o gyfeiriad Stryd y Stondinau
yn cario bocs ac yn gwisgo sbectol haul.
Sbectol haul yn y niwl?!!

Doedd e ddim wedi dweud 'bore da'
'nôl wrthyn nhw ac roedd Mr Pickles wedi
dweud wrth Mr Griffiths:

'I must say, that's a bit odd … why would anyone wear sunglasses on such a foggy day?'

Roedd Mr Griffiths yn cytuno, ond doedd pethau fel'ny ddim yn poeni llawer ar Mr Griffiths. Roedd e'n aml yn gwisgo siorts a sandals yn y gaeaf. Felly os oedd y dyn eisiau gwisgo sbectol haul ar ddiwrnod niwlog, popeth yn iawn.

Ac o'r diwedd, cyrhaeddon nhw stondin y 7G.

'I'll make a *paned* as soon as we get in,' meddai Mr Pickles. 'I need a paned after all that cerdded. A dwi'n hoffi coffi. I love saying that: dwi'n hoffi coffi.'

'A dwi'n hoffi coffi hefyd,' atebodd Mr Griffiths, ac aeth ati i agor y stondin …

Ond DIAR, DIAR, DIAR MI!!!!

Pan agoron nhw'r drws, roedden nhw'n gwybod yn syth fod rhywbeth yn wahanol.

Edrychodd Mr Pickles a Mr Griffiths ar ei gilydd.

Roedd y stoc newydd i gyd yno. Roedd y siwmperi a'r blancedi, y bobls a'r gwregysau a'r gitârs i gyd yn eu lle yn daclus ar y byrddau.

Ac eto, roedden nhw'n gwybod bod rhywbeth ar goll.

Edrychodd y ddau'n ofalus ar bob bwrdd. Edrychon nhw ar ei gilydd. Ac edrych eto ar y byrddau.

Yna, yn sydyn, sylweddolodd Mr Griffiths bod dau beth pwysig iawn ar goll.

'Y DEFAID!' sibrydodd mewn sioc.

Roedd Gwen a Gwlanog wedi diflannu!

'Mae'r lladron wedi bod wrthi eto! Mae hyn yn ofnadwy!'

Trodd Mr Griffiths at Mr Pickles

'Lladron – THIEVES!'

'Don't paniciwch!' meddai Mr Pickles yn llawn panic. 'I'll fetch the heddlu!'

A rhedodd allan drwy'r niwl fel dyn gwyllt i chwilio am yr heddlu.

Syllodd Mr Griffiths yn drist ar y ddwy gadair wag.

Roedd pethau'n mynd o ddrwg i waeth. Yn gyntaf y stoc, a nawr y defaid. Roedd rhyw ddihiryn yn gwneud yn fawr o glogyn y niwl i gael dwyn pethau heb

Dihiryn = dyn drwg.

40

fod neb yn gallu gweld. I ladron, roedd y niwl yn well na'r nos hyd yn oed.

Pwy yn y byd mawr fyddai eisiau dwyn dwy ddafad wlanog?! A phwy fyddai eisiau creu diflastod yn yr Eisteddfod?! Roedd hi'n hen bryd rhoi stop arnyn nhw! Gwarthus. Cwbl warthus! Ac roedd hi'n hen, hen bryd i'r niwl godi!

Ond yn anffodus iawn, iawn, tra bod Mr Griffiths yn meddwl fel hyn wrtho'i hunan, roedd rhywbeth gwaeth na dwyn stoc y stondin a dwyn y defaid ar fin digwydd.

Rhywbeth llawer gwaeth na hynny.

Rhywbeth hollol **OFNADWY** …

28

Cipio Molly

◆◆◆◆◆◆◆◆◆◆◆◆◆◆◆◆◆◆◆◆◆◆◆◆◆◆◆◆◆◆◆◆◆◆

Draw ar y Maes Carafannau roedd Molly wedi codi o'i sach gysgu ac yn darllen llyfr yn ei phyjamas cynnes. Doedd ganddi ddim llais o gwbl. Roedd ei mam wedi paratoi diod o sudd oren twym iddi ac wedi sbecian allan i'r garafán drws nesaf, 473, i alw ar Anti Emma (modryb Cadi). Roedd hi'n feddyg ac roedd Mrs

Wyndham (mam Molly) yn gobeithio y byddai hi'n gallu cael golwg ar Molly.

Druan â Molly. Roedd hi wedi cael **LLOND BOL**. Doedd hi ddim yn teimlo'n arbennig o sâl, ond roedd bod heb lais yn niwsans. Roedd hi'n hoffi canu. Roedd hi wedi edrych ymlaen yn fawr at gael bod yn y perfformiad ar lwyfan yr Eisteddfod. Ond nawr, nid yn unig doedd hi ddim yn cael canu, doedd hi ddim chwaith yn cael chwarae gyda'i ffrindiau. Diflas. Diflas. Diflas.

Yna'n sydyn, clywodd Molly sŵn. Sŵn injan. Sŵn injan fan. Sŵn injan fan yn dod o'r tu allan i'r garafán.

'Dyna beth od,' meddyliodd Molly. Roedd hi'n gwybod mai sŵn injan fan

Mr Griffiths oedd y sŵn. Ond roedd Mr Griffiths yn gofalu am Stondin 7G heddiw. Ei enw fe oedd ar y rota. Fe a Mr Pickles.

Tybed pam oedd e wedi dod 'nôl? Falle bod Dewi ac Alfred gyda fe! O! Byddai Molly wrth eu bodd yn gweld y ddau yna. Byddai hi'n gwneud unrhyw beth i gael cwmni ei ffrindiau yn lle eistedd ar ei phen ei hun yn y camper-fan yn darllen a gwneud posau.

Gwisgodd ei welingtons a mentrodd allan i'r niwl.

'Mr Griffiths? Dewi? Alfred?' ceisiodd alw, ond doedd dim smic yn dod allan o'i cheg.

Cerddodd yn nes at y fan. Drwy'r niwl, gwelodd fod drws ochr y fan ar agor.

Aeth yn nes eto. Camodd i mewn drwy'r drws ochr. I mewn i'r fan.

Ond gyda hynny, caeodd y drws yn **glep**!

Roedd hi yng nghefn y fan.

Ar ei phen ei hun.

Heb lais i alw ar neb.

Curodd ei chalon yn wyllt.

Mentrodd i gefn y fan a gweld bod y lle'n llawn o bob math o bethau: crysau-T, llestri, lluniau, llyfrau … a hefyd, yn rhyfedd iawn, Gwen a Gwlanog o Stondin 7G …

Ond doedd dim sôn am Dewi nac Alfred.

Rhuthrodd yn ôl at y drws i'w guro, ond doedd neb yn clywed.

Ffyrnig = crac/blin iawn, iawn.

Yna, drwy ffenest fach drws cefn y fan gwelodd rywun yn cerdded tuag at ddrws y gyrrwr.

Rhywun tal, pen moel yn gwisgo sbectol haul. Roedd golwg ffyrnig ar ei wyneb.

Ddim Mr Griffiths oedd y dyn hwn o gwbl!

Rhywun Arall.

Pwy? Doedd Molly ddim yn ei adnabod ond roedd hi'n siŵr ei bod wedi'i weld o'r blaen. COFIODD!!! Hwn oedd y dyn a fu'n anghwrtais wrth Miss Prydderch yng Nghanolfan y Mileniwm. Y dyn oedd yn gwisgo ffrog hir wen fel pobl yr Orsedd ac yn gwisgo sbectol haul ac yn cario bocs …

Gyda hynny, cychwynnodd yr injan yn gyflym a herciodd y fan yn llechwraidd drwy'r niwl ac at y ffordd fawr.

Gwyddai Molly ei bod hi mewn trwbl.

Ofnai ei bod hi hefyd mewn perygl …

'Llechwraidd' yw yn ddistaw bach fel pe byddech chi ddim eisiau i neb eich gweld chi.

47

29

Chwilio

◆◆◆◆◆◆◆◆◆◆◆◆◆◆◆◆◆◆◆◆◆◆◆◆◆◆◆◆◆◆◆

Pan ddychwelodd Mrs Wyndham at y camper-fan gyda modryb Cadi, Anti Emma, doedd dim sôn am Molly.

'Molly! Molly! Molly! Where are you? Ble wyt ti?'

Galwodd Mrs Wyndham a chwilio y tu ôl i'r gwely, o dan y gwely, yn y gwely …

Ond doedd dim sôn am Molly.

'Falle'i bod hi wedi mynd i'r sied

'molchi?' cynigiodd Anti Emma, a rhedodd yn syth drwy'r niwl draw i chwilio amdani.

Arhosodd Mrs Wyndham yn y camper-fan. Does dim llawer o le i guddio mewn camper-fan, ac roedd calon Mrs Wyndham yn curo a churo wrth iddi chwilio bob twll a chornel am Molly. Chwiliodd yn y camper-fan ac yn yr adlen. Chwiliodd yng ngharafán Miss Prydderch. Chwiliodd yng ngharafán Mr a Mrs Elias. Chwiliodd YM MHOBMAN.

Doedd Molly ddim yn y sied 'molchi, doedd hi ddim yn camper-fan, doedd hi ddim yn adlen Miss Prydderch.

Doedd hi ddim yn unman!

Roedd Molly wedi DIFLANNU!

Dechreuodd holl garafanwyr y maes chwilio, ac roedd pawb yn galw, 'Molly!' Molly! Molly!!'

Aeth Mr Elias ar ras i alw'r heddlu.

Daeth Myng Lewis Vaughan a Deleila'r ddafad i chwilio.

Daeth Mrs Elias a'i bwmp enfawr i chwilio.

Daeth Miriam a Mali o'r garafán drws nesaf allan i chwilio. Ac yn eu dilyn nhw, daeth Llew a Tomos y ddau gi aur.

Roedd pawb a phopeth yn chwilio am Molly. OND DOEDD DIM SÔN AMDANI. **DIM.**

Yn sydyn, dechreuodd y ddau gi, Llew a Tomos, gyfarth yn wyllt wrth arogli'r llawr tu fas i gamper-fan Molly a Max. Roedd y ddau ohonyn nhw'n siglo'u cynffonnau'n frwd gan gyfarth a chyfarth a throi a throi yn yr unfan yn y lle roedd fan Mr Griffiths wedi'i pharcio ers dydd Sadwrn.

Stopiodd Miriam a Mali yn eu hunfan. Roedden nhw'n gwybod fod Llew a Tomos yn ceisio dweud rhywbeth wrthyn nhw. Ond beth? Doedden nhw ddim yn deall iaith cŵn.

Gyda hynny, daeth Mrs Wyndham 'nôl o gyfeiriad carafán Miss Prydderch a deallodd hi neges y ddau gi clyfar yn syth. Roedden nhw'n iawn. Roedd fan Mr Griffiths wedi mynd! Ond roedd Mr Griffiths ar y stondin. Ei enw fe oedd ar y rota. Ac os nad Mr Griffiths oedd yn gyrru'r fan, roedd rhaid gofyn y cwestiwn: Pwy? Pwy oedd wedi gyrru'r fan?

Ac roedd cwestiwn anoddach fyth ym mhen Mrs Wyndham ... a phawb arall ...

A oedd Molly yn y fan?

A oedd rhywun wedi dwyn Molly?

A thra roedd pobl y maes carafannau'n holi fel hyn, roedd Molly druan yng nghefn y fan yn rhywle yng Nghaerdydd yn cael ei thaflu dros bob man, a'r gyrrwr pen moel bellach yn mynd fel cath i gythrel i rywle.

Sef yn gyflym iawn iawn.

30

Lliwio

◆◆◆◆◆◆◆◆◆◆◆◆◆◆◆◆◆◆◆◆◆◆◆◆◆◆◆◆◆◆◆◆◆

Heb wybod dim am helbul Molly, draw yn y stafell ar waelod y grisiau troellog yn Nhŵr y Castell roedd hi'n dywyll fel bol buwch, a bu'n rhaid i Elen-llewes ac Alfred-afanc wthio gyda'u holl nerth i agor y drws bach du.

'Afanc! Ti wedi dod 'nôl!' Llusgodd amlinell y Morfarch o'r wal ar ei gynffon tro tuag at y drws.

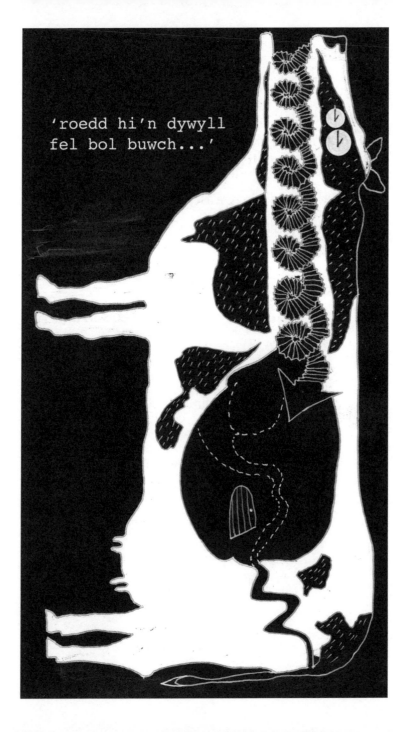

'Dwi mor falch o'th weld di! Mae'n rhaid i ti frysio! Mae'r Ddraig yn llawer gwaeth heddiw. Dyw hi ddim wedi symud ers i ti ein gweld ni … a dwi hefyd yn teimlo'n reit flinedig …'

Rhuthrodd Elen-llewes yn ôl at y drws cul.

DRAIG?! Doedd Alfred heb sôn dim am ddraig!

Ond yn hollol cŵl, dwedodd Alfred-afanc, 'Dyma Elen-llewes, fy ffrind. Dwi'n credu y gall hi ein helpu.'

Edrychodd Elen-llewes yn syn! Helpu? Dim ond un peth roedd hi eisiau ei wneud.

Dianc! M.O.M.G.

M.O.M.G = **M**as **O** **M**a **G**lou

Ond roedd Alfred wedi tynnu creonau o'i wregys, ac yn dal ei dortsh ar y wal gefn.

Yno, gallai Elen-llewes weld amlinell ysgafn, ysgafn.

'Beth yw hwnna?' gofynnodd hi'n betrus.

'Hwnna yw amlinell y Ddraig,' meddai Alfred-afanc.

'Ti'n gweld, roedd y Ddraig a'r Morfarch i fod yn rhan o deulu anifeiliaid y mur,' esboniodd Alfred-afanc, gan geisio cofio beth oedd y Morfarch wedi dweud wrtho. 'Roedd yr artist, William Burges, wedi dechrau tynnu eu llun, ond doedd y Marcwis, perchennog y castell, ddim yn eu hoffi a rhwygodd e'r lluniau allan o'r

Os yw rhywbeth yn 'llaith' mae ychydig bach yn wlyb.

llyfr. Maen nhw wedi bod ar goll ac o'r golwg fan hyn yn y seler byth oddi ar hynny. Gyda phob gaeaf, mae eu hamlinell nhw'n mynd yn anoddach ac yn anoddach i'w gweld achos mae'r waliau llaith yn golchi'r pensil i ffwrdd. Mae'n arbennig o anodd ar y Ddraig gan mai dim ond o bensil ysgafn y gwnaed hi. O leiaf roedd ychydig o bensil trwm yn amlinell y Morfarch … ac os na fyddwn ni'n eu helpu nhw'n gyflym, mae'n debyg y byddan nhw'n diflannu'n llwyr.'

A rhag ofn nad oedd Elen-llewes yn deall, trodd Alfred-afanc ati a dweud:

'Os na fyddwn ni'n eu helpu, mae'n debyg y byddan nhw'n **MARW**!!'

'Dwi'n deall,' meddai Elen-lewes, cyn gofyn, 'A sut ydyn ni'n mynd i'w helpu?'

Dangosodd Alfred-afanc y creonau iddi.

'A! Dwi'n gweld,' meddai Elen-llewes. 'Ti'n gobeithio y bydda i'n gallu rhoi amlinell glir iddyn nhw gyda'r creonau hyn.'

'Yn hollol, a rhoi 'tu fewn' iddyn nhw hefyd. Edrych!' a dangosodd iddi'r lliwiau yn ei law. 'Coch i'r Ddraig a phinc i'r Morfarch. Byddan nhw'n teimlo'n well wedyn. Byddan nhw'n gyflawn. A falle byddan nhw'n gallu dianc o 'ma.'

Roedd Elen-llewes yn deall, ond roedd hi ychydig bach yn ofnus. Gofynnodd:

'A beth os bydd y Ddraig yn teimlo

gymaint yn well ar ôl i mi orffen, nes ei bod hi'n gallu chwythu tân a'n lladd ni'n dau yn y fan a'r lle?!'

'Mae'r Ddraig wedi colli ei thân,' dwedodd Alfred dan ei anadl. (Doedd e ddim eisiau i'r Ddraig glywed. Roedd e'n cofio fod hyn yn ei gwneud hi'n drist iawn.)

Daeth y llais lleiaf fyth o gornel y Ddraig.

'Leph, leph silp.'

'Ust! Gwranda! Dere mla'n, Elen-llewes. Mae'n RHAID i ti ei helpu. Gwranda! Mae'n gofyn i ti ei helpu.'

'Leph, leph, silp.'

'Leph, leph, silp?? Beth yn y byd yw ystyr hynny?'

'Mae'n siarad mewn anagaramau. Mae'n dweud 'help, help, plis' ond mae'r llythrennau i gyd wedi cymysgu.'

Edrychodd Elen-llewes draw at y Ddraig. Roedd y creadur rhyfedd yn edrych mor drist a phenisel. Ac er gwaetha'r ofn, llenwodd calon Elen-llewes gyda charedigrwydd. Roedd Alfred-afanc yn iawn. Roedd rhaid ei helpu.

Yn araf, cerddodd Elen-llewes at y wal. Estynnodd greon wen. Roedd ei llaw-llewes hi'n crynu ac roedd hi'n anodd dal y creon mewn pawen. Yn ofalus, ofalus, dilynodd yr amlinell nes bod siâp cryf y Ddraig yn dechrau dod yn amlwg yn erbyn y wal ddu.

Wrth iddi orffen yr amlinell, cododd y Ddraig ei phen a neidiodd Elen-llewes yn ôl wedi cael llond bola-llewes o ofn.

Ond ceisio gwenu roedd y Ddraig. Doedd dim golwg o dân o gwbl. Roedd y ddraig hon yn un gwbl ddiniwed.

Rhoddodd Alfred greon binc iddi nesaf. 'Ar gyfer y Morfarch,' esboniodd.

Diniwed = methu gwneud niwed.

62

Ac aeth Elen-llewes yn ofalus at y wal lle roedd y Morfarch wedi gosod ei hunan yn dwt yn barod i gael ei liwio'n llawn.

Lliwiodd y gynffon a'r cefn, y bola a'r frest ac yna'r wyneb a'r pen.

'HWRÊ!!!!' gwaeddodd y Morfarch gan neidio oddi ar y wal a rhoi cusan

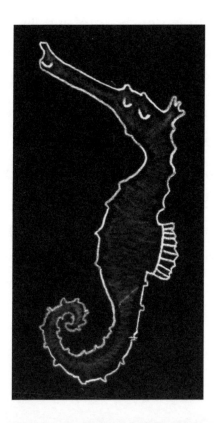

anferth i Elen-llewes nes ei bod hi'n fflat ar y llawr.

'Wow! Araf deg … mae'n rhaid i mi fynd yn ôl i orffen y Ddraig nesaf!' meddai Elen-llewes gan hanner chwerthin.

Edrychodd ar y Ddraig. Roedd yr amlinell wen wedi setlo, a siâp y Ddraig yn ddigon clir iddi allu dechrau ei lenwi gyda chreon goch. Yn ofalus, lliwiodd ei chynffon, yna ei choesau a'i hadenydd. Trodd wedyn at ei chefn a'i bola. Yna mentrodd liwio ei gwddw. Yna ei hwyneb a'i phen … coch, coch, coch; ac yn ofalus, ofalus, gorffennodd ei gwaith drwy liwio tafod y Ddraig.

Camodd Elen-llewes yn ôl. Ddigwydd-odd dim byd. Edrychodd y Morfarch ac

Alfred ac Elen ar ei gilydd ac yna yn ôl at y Ddraig.

Dim.

Yna'n araf, araf, dechreuodd adenydd y Ddraig ystwytho. Cododd ei phen a gwenodd. Heb wneud sŵn o gwbl, dechreuodd hedfan yn araf tuag at Elen-llewes ac Alfred-afanc. Roedd hi'n edrych mor hardd yn hedfan yng ngolau'r dortsh yn y seler fach dywyll. Daeth yn nes at y ddau ffrind a rhoddodd ei hadenydd mawr amdanyn nhw a llyfu eu pennau, fel ci mawr oedd newydd weld asgwrn blasus.

Roedd yr adenydd yn cosi'r planteiliaid a dechreuon nhw i gyd chwerthin. Yr afanc, y llewes, y Morfarch a'r Ddraig – pawb yn rholio chwerthin.

31

Dihiryn

◆◆◆◆◆◆◆◆◆◆◆◆◆◆◆◆◆◆◆◆◆◆◆◆◆◆◆◆◆◆◆◆◆◆

Mewn rhan arall o'r ddinas, roedd Molly'n rholio hefyd. Ond nid rholio chwerthin oedd hi. Rholio o gwmpas cefn fan Mr Griffiths gyda dihiryn tal pen moel yn gyrru'n wyllt drwy'r niwl.

Ar ôl i'r fan ddechrau symud, doedd Molly ddim yn gwybod beth i'w wneud ac yn ei hofn, roedd wedi mynd i guddio rhwng Gwen a Gwlanog.

Ceisiodd gysuro ei hunan gan ddweud y byddai popeth yn iawn. Roedd hi'n ofni y byddai hi'n cael stŵr am fynd ar goll, ond roedd hi hefyd yn gwybod y byddai Max a Mam a Dad yn siŵr o ddod i chwilio amdani.

Doedd ganddi ddim syniad ble roedd hi. Roedd hi wedi codi i sbecian drwy'r ffenest fach ond doedd dim ond niwl i'w weld. Roedd popeth yn llwyd, a phenderfynodd mai'r peth gorau i'w wneud oedd aros yn gwbl llonydd a chuddio.

Yna'n sydyn stopiodd y fan. Clywodd y gyrrwr yn agor ei ddrws ac yn cerdded tua'r drws ochr. Gwasgodd ei hun yn dynnach y tu ôl i'r ddwy ddafad. Plis, plis,

plis, meddyliodd, plis paid â'm gweld i'n fan hyn …

Clywodd y drws ochr yn agor gyda gwich a chlywodd y dyn yn siarad gyda rhywun. Deallodd mai siarad ar y ffôn oedd e, oherwydd dim ond ei lais e roedd hi'n ei glywed.

'Ydw, yn y Bae. Ie, wedi parcio … ar bwys y cychod … **NIWL!** Mae wedi bod yn **BERFFAITH.** Does dim gobaith gan neb fy ngweld i …'

SAIB. Roedd Molly'n gallu clywed llais ar ben arall y ffôn ond doedd hi ddim yn gwybod beth oedd y llais yn ei ddweud.

'Blablabla bla bla bla bla bla …'

'Oes, mae digon o stwff. Hen ddigon

o stwff. Os gallwn ni werthu hwn i gyd byddwn ni'n gyfoethog iawn!'

'Blablabla bla bla bla bla bla …'

'Faint o'r gloch?' Llais y dyn pen moel eto. 'Heno? Popeth yn iawn. Heno amdani. **PAID Â BOD YN HWYR!**'

SAIB – mwy o'r llais ar ben arall y ffôn.

'Blablabla bla bla bla bla bla …'

Yna llais y dyn pen moel eto. 'Bydd y cwbl ar y cwch erbyn heno a gallwn ni hwylio'n syth i'r ynys. Erbyn y bore, fydd popeth yn ddiogel ymhell, bell, bell o Gymru!'

Gyda'r geiriau hyn, dechreuodd y dyn pen moel chwerthin … 'Ha! Ha! Ha! Byddwn ni'n dau'n gyfoethog iawn a fydd NEB yn gallu'n dal ni!'

O na! Doedd Molly ddim eisiau mynd ar gwch i unrhyw ynys. A doedd hi DDIM eisiau bod yn rhywle ymhell, bell o Gymru …

Clywodd y llais ar ben arall y ffôn yn dweud rhywbeth yn gyflym iawn.

'Blablabla bla bla bla bla bla bla bla bla bla bla bla bla bla …'

Yna, gyda'r ffôn fach wedi'i gwasgu rhwng ei ên a'i ysgwydd, fflachiodd y lleidr olau tortsh i mewn i'r fan. Roedd Molly'n gallu hanner gweld beth oedd yn digwydd wrth sbecian o dan gynffon Gwlanog.

Gwelai'r lleidr yn dechrau llwytho rhai o'r crysau-T i mewn i fag du enfawr. Siaradai i mewn i'r ffôn ar yr un pryd.

'Craffu' yw edrych yn ofalus.

'Ie, llawer o grysau-T a lot o lestri …'

Ond wrth iddi graffu, rhaid bod ychydig o wlân o gynffon Gwlanog wedi mynd i'w cheg hi, a daeth teimlad fel teimlad eisiau peswch dros Molly. Roedd ei chalon yn curo yn ei chlustiau. PLIS, MOLLY, dwedodd wrthi hi ei hunan, PAID PESWCH …

Roedd hi'n rhy hwyr! Ac er ei bod hi wedi colli ei llais, daeth pesychiad bach allan o'i llwnc hi.

Trodd y dihiryn ei dortsh a'i fflachio i gyfeiriad Gwen a Gwlanog. Tynnodd Molly yn ôl yn dynn y tu ôl i'r defaid a gwasgu yn erbyn wal y fan. Plis, plis, plis paid â'm gweld i, meddyliodd …

Clywodd lais y dihiryn yn dweud wrth

Gan wneud llawer o sŵn hyll.

y llais ar ben arall y ffôn … 'O ie, a dwi wedi dwyn dwy ddafad hefyd! Amazing. Maen nhw'n union fel dwy ddafad go iawn. **HIWJ**. A dwi newydd glywed un ohonyn nhw'n peswch!!!'

'Blablabla bla bla bla bla bla …' Y llais arall ar ben y ffôn eto.

Yna llais y lleidr: 'Ti'n iawn! I must be imagining things!' ac yna dechreuodd chwerthin yn aflafar dros bob man a rhoddodd y ffôn yn ei boced.

Fflachiodd ei dortsh at y defaid a dweud 'Watch it, Fluffies! Dwi ddim wir yn meddwl 'mod i angen dwy ddafad ar yr ynys … byddwch chi'ch dwy'n mynd yn syth i waelod y môr! *Sblash! Sblash!*'

72

Ac wrth iddo dynnu'r drws yn **GLEP** clywai Molly fe'n gweiddi chwerthin. 'I hope you can swim! HA HA HA HA HA!'

'Nôl yn y Castell, doedd Alfred-afanc nac Elen-llewes i lawr yn y seler, na Miss Llewerch, na dim un o'r planteiliaid, yn gwybod dim am ddiflaniad Molly.

Druan fach â Molly.

A fyddai rhywun yn gallu ei hachub?

32

Dringo'r grisiau

◆◆◆◆◆◆◆◆◆◆◆◆◆◆◆◆◆◆◆◆◆◆◆◆◆◆◆◆◆◆◆◆◆◆◆

Yn y seler fach ar waelod y grisiau troellog yng Nghastell Caerdydd, roedd y pedwar ffrind newydd wedi stopio rholio chwerthin, ac roedd y Ddraig yn amlwg eisiau dweud rhywbeth wrth Alfred-afanc ac Elen-llewes. Ond er ei bod hi bellach yn gallu hedfan ac yn edrych yn hapus, doedd y Ddraig yn amlwg dal ddim yn gallu siarad yn iawn, a dechreuodd eto ar ei geiriau rhyfedd. Dwedodd hi nhw'n bwyllog, yn amlwg yn gobeithio y byddai Alfred-afanc neu Elen-llewes yn ei deall.

'Awnriffs,' meddai'r Ddraig

'Awnriffs' meddai Alfred-afanc ac Elen-llewes yn bwyllog yn ôl.

'Malff,' meddai wedyn.

'Malff,' ailadroddodd Alfred-afanc ac Elen-llewes.

'Llaen Mog,' meddai wedyn.

'Llaen Mog,' atebodd Alfred-afanc ac Elen-llewes yn dawel.

A'r peth olaf ddwedodd oedd 'Ryll Weddar Iana'.

'Ryll Weddar Iana,' meddai Alfred-afanc ac Elen-llewes fel eco.

Edrychodd Alfred-afanc ac Elen-llewes ar ei gilydd. Doedd gan yr un ohonyn nhw ddim syniad beth oedd y Ddraig fach yn ceisio ei ddweud.

'Mae'n ddirgelwch llwyr,' meddai'r Morfarch oedd wedi bod yn gwrando'n astud.

'Wel,' meddai Alfred-afanc, 'beth am i ni gyd fynd 'nôl at weddill y planteiliaid

Sbonc = hop.

… falle byddi di, Ddraig, yn gallu siarad yn iawn ar ôl cael ychydig o awyr iach?'

'Syniad gwych!' meddai Elen-llewes a oedd bron â marw eisiau cyrraedd yn ôl at Miss Llewerch a'r carped hud, ac yn poeni yn ei chalon os na fydden nhw'n brysio y bydden nhw'n colli'r cyfle i hedfan 'nôl i'r Eisteddfod.

★ ★ ★

Roedd gweld y pedwar creadur yn dringo'r grisiau'n dipyn o ryfeddod. Yn arwain y ffordd roedd Alfred-afanc yn dal ei dortsh. Wedyn, daeth y Morfarch, gan fesul gris ar ei gynffon-tro. Wedyn daeth Elen-llewes yn hanner neidio i fyny'r grisiau. Ac yn hofran jyst uwch eu pen, roedd y Ddraig, yn wên o glust i glust.

Does dim dewis gyda ni, bydd rhaid i ni ddweud wrth Miss.

O'r diwedd, wedi cyrraedd pen y grisiau, trodd Alfred-afanc a galw i lawr ar Elen-llewes.

'Dofogoes difigim defegwifigis gyfygydafaga nifigi. Byfygydd rhafagaid ifigi nifigi ddwefegeud wfwgwrth Mifigiss ...'

'Tifigi'n iafagawn,' atebodd Elen-llewes.

'Ydy popeth yn iawn?' gofynnodd y Morfarch.

'Ydy, mae popeth yn iawn,' atebodd Alfred-afanc. 'Mae'n bryd i chi gwrdd â gweddill y planteiliaid, a bron yn fwy pwysig, cwrdd â Miss Llewerch.'

Ti'n iawn.

78

'Pandemoniwm' yw pan fod popeth yn halibalŵ a dim trefn o gwbl.

Pan gerddodd Alfred-afanc, Elen-llewes, y Morfarch a'r Ddraig i mewn i Ystafell yr Haf, aeth hi'n bandemoniwm llwyr.

Dechreuodd Anwen-arth a Siân-pelican, Siôn-udfil a Gwyn-llewpart sgrechian. (Ie – hyd yn oed Gwyn-llewpart, ac mae e'n hoffi esgus ei fod e'n swper cŵl!) Rhuthrodd pawb at stôl deircoes Miss Llewerch a'r cwbl oedd i'w glywed oedd lleisiau ofnus yn sibrwd-gweiddi:

'DRAIG! DRAIG! DRAIG!'

'Blanteiliaid!' meddai Miss. 'PWYLL! Does dim byd i'w ennill drwy weiddi.' Yna, gan edrych yn amheus tuag at

Os y'ch chi'n amheus, dydych chi ddim yn hollol siŵr beth i'w gredu.

Alfred-afanc, dwedodd, 'Well i ti esbonio …'

Cliriodd Alfred-afanc ei lwnc, a dechreuodd esbonio'r cyfan …

Dwedodd y stori am y Marcwis yn rhwygo lluniau'r ddau anifail o'r llyfr, ac am y Morfarch a'r Ddraig yn cael eu gadael yn y seler am dros gant a hanner o flynyddoedd, ac amdano fe yn syrthio'n bendramwngwl i waelod y grisiau ac …

Ond cyn iddo ddod at ddiwedd yr hanes, dechreuodd y canu-grwndi rhyfeddol o berfedd y cloc yn y tŵr unwaith eto, ac meddai Miss Llewerch:

'Alfred-afanc, mae'n ddrwg gen i.

Reit yng nghanol rhywbeth.

Bydd rhaid i ni glywed gweddill y stori rywdro eto. Mae'n RHAID I NI FYND. Mae'r cloc ar fin taro … Gyflym! Pawb ar y carped! **Bant â ni!'**

… Ac wrth i'r planteiliaid i gyd ruthro tuag at Miss Llewerch, dim ond Elen-llewes ac Alfred-afanc oedd yn gwybod bod y Morfarch a'r Ddraig hefyd ar y carped hud …

Hedfanodd y carped allan drwy'r ffenest a disgyn yn is ac yn is. Hedfanodd heibio Mur yr Anifeiliaid a rhoi'r creaduriaid i gyd yn ôl yn eu lle a chodi'r plant yn ôl ar y carped. Cododd wedyn uwch ben y ddinas a chwyrlïo drwy'r niwl yn ôl i'r Maes Carafannau … a thrwy gydol y daith, roedd un Morfarch ac un Ddraig yn methu â deall beth oedd yn digwydd.

Roedden nhw wedi dianc o fyd tywyll du'r seler i fyd niwlog, llwyd dinas Caerdydd ar garped hud a'i lond o blant!

33

Awnriffs

◆◆◆◆◆◆◆◆◆◆◆◆◆◆◆◆◆◆◆◆◆◆◆◆◆◆◆◆◆◆◆◆◆◆◆

Pan gyrhaeddodd y criw 'nôl yn y Maes Carafannau, diflannodd pob cyffro am stori'r Ddraig a'r Morfarch.

Roedd newyddion llawer pwysicach yn disgwyl amdanyn nhw.

Roedd Molly ar goll!

Mae'n amhosib esbonio sut oedd y criw'n teimlo. Roedd rhai'n crio a rhai'n dweud dim byd o gwbl. Dim gair. Roedd ceg Alfred yn sych a'i dafod yn sownd wrth ei wefusau. Roedd ei goesau'n drwm fel plwm a'i fola a'i galon yn wag.

Molly. Druan â Molly.

Ysgrifennodd lythyr at Dduw.

Annwyl Dduw
Plis gad i Molly ddod 'nôl yn saff.
Diolch
Amen

Ac ym mhobman roedd y niwl. NIWL. NIWL. NIWL.

Doedd dim hawl gan y plant fynd i UNMAN. Doedd NEB yn cael gadael carafán Miss Prydderch. Roedd un plismon yn sefyll y tu allan i'r adlen a llawer o blismyn eraill yn chwilio ym mhobman am Molly.

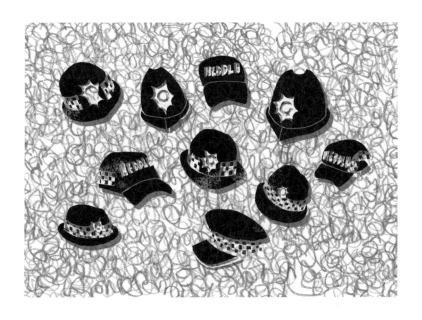

A bu'n rhaid i bob un o'r criw ateb cwestiynau:

85

Beth oedd y peth diwethaf i Molly ei ddweud?

Beth oedd hi'n wisgo?

Oedd rhywun yn cofio gweld rhywun amheus ar y Maes?

Pryd oedd y tro diwethaf iddyn nhw weld Molly?

★   ★   ★

Diolch i'r niwl, roedd Elen wedi llwyddo i sleifio'r Morfarch a'r Ddraig i mewn i garafán Miss Prydderch heb i neb sylwi … a beth bynnag, roedden nhw'n edrych fel teganau nawr, yn fach ac yn ddiymadferth. Fyddai NEB wedi

Diymadferth = ddim yn effro, heb fywyd.

86

dychmygu eu bod nhw'n anifeiliaid GO IAWN.

Gosododd hi nhw yng nghornel bellaf carafán Miss Prydderch, ac ymhen dim amser, roedd y ddau'n cysgu'n drwm. Wedi'r cyfan, bu'n ddiwrnod hir iawn iddyn nhw a'r holl gyffro wedi'u blino'n llwyr. Mae bod yn styc mewn seler am gant a hanner o flynyddoedd yn eich gwneud chi'n sobor o wan.

Roedd y plant i gyd yn eistedd yn ofnus a digalon. Doedd neb yn dweud dim. Roedd Miss Prydderch wedi mynd i helpu'r heddlu ac roedd Mr Elias a Myng Lewis Vaughan yn cadw llygad ar y plant.

'Cadw llygad' yw edrych yn ofalus ar rhywbeth.

Am unwaith yn ei fywyd doedd Mr Elias ddim yn dweud 'da iawn'. Doedd e ddim wedi dweud 'da iawn' ers i Molly fynd ar goll. A dweud y gwir, doedd e ddim yn dweud dim byd o gwbl.

Roedd Myng Lewis Vaughan hefyd yn dawel. Eisteddai hi yn y gornel yn gwau. Doedd dim i'w glywed felly ond sŵn clic clic gweill Myng Lewis Vaughan. Clic, clic, clic, clic ...

Ar ôl hir a hwyr, torrodd Ben Andrews ar draws y tawelwch.

'Y niwl yw'r broblem!' meddai. 'Pe byddai dim niwl bydden ni'n gallu dod o hyd i Molly, dwi'n siŵr. Mae'r niwl yn gwneud y gwaith chwilio yn hollol amhosib.'

Roedd Ben yn llygad ei le, wrth gwrs.

'Sut mae cael gwared ar niwl?' gofynnodd Anwen Evans yn dawel ac yn drist.

'Mae'n rhaid cael haul i gael gwared ar niwl. Achos mae'r haul yn boeth iawn ac mae angen gwres mawr fel tân i losgi drwy'r niwl a gwneud iddo ddiflannu,' meddai Mr Elias.

'Dwi 'di cael syniad!' meddai Max, (roedd e siŵr o fod yn poeni am Molly'n fwy na neb). 'Beth am i ni gynnau tân?'

'Mae'n syniad da,' meddai Mr Elias, 'ond mae arna i ofn y byddai angen tân anferth i losgi'r niwl. Tân fel tân mewn ffwrnais **ENFAWR**.'

Aeth pawb yn dawel. Clic, clic, clic, clic y gweill eto.

Ffwrnais. Ffwrnais. Ffwrnais. Dechreuodd y gair chwyrlïo drwy ben Alfred.

'Ffwrnais!'

Yn sydyn, cofiodd Alfred am y sgrifen ar dalcen adeilad Canolfan y Mileniwm.

CREU GWIR FEL GWYDR O FFWRNAIS AWEN.

Ac fel fflach, cofiodd am hanner cysgod yr aderyn mawr arian yn hedfan ar draws yr union air.

Yr aderyn mawr arian oedd fel draig.

DRAIG. FFWRNAIS.

Ac o rywle, disgynnodd rhywbeth arall i mewn i ben Alfred hefyd … sef geiriau'r Ddraig yn y seler …

AWNRIFFS.

34

Anagramau

◆◆◆◆◆◆◆◆◆◆◆◆◆◆◆◆◆◆◆◆◆◆◆◆◆◆◆◆◆◆◆◆◆◆◆

AWNRIFFS ...

Roedd y cwbl yn glir iddo! Roedd
AWNRIFFS yn anagram o FFWRNAIS!
Ffwrnais. Draig. Tân!

Edrychodd draw at Elen. Roedd hi'n
amlwg wedi meddwl yr un peth, achos
y peth nesaf welodd Alfred oedd Elen yn
mynd i gornel bellaf y garafán a cheisio

deffro'r ddau anifail rhyfedd. Dilynodd hi'n syth.

'Morfarch! Draig! Dewch! **Dewch!** Mae'n rhaid i chi ein helpu ni nawr.'

Roedd Elen yn ysgwyd y ddau'n ysgafn.

Agorodd y Morfarch ei lygaid yn araf.

'Morfarch, mae'n rhaid i'r Ddraig ddeffro a chwythu tân a llosgi'r niwl i ffwrdd!' meddai Elen.

'Ond dydych chi ddim yn cofio?' meddai'r Morfarch yn drist rhwng cwsg ac effro, 'Dydy'r Ddraig ddim yn gallu chwythu tân. Mae wedi colli ei thân ers blynyddoedd maith.'

Erbyn hyn, roedd Alfred wedi cyrraedd draw at Elen.

'Blynyddoedd maith' yw llawer iawn o flynyddoedd.

'Ond pe baen ni'n gallu deall y Ddraig yn siarad, dwi'n meddwl y byddai hi'n gallu dweud wrthon ni ble mae'r tân,' meddai Alfred yn dawel wrth y Morfarch ac Elen. 'Dwi'n meddwl ei bod hi'n gwybod ble mae e.'

'Ti'n iawn. Dwi'n siŵr ei bod hi,' meddai'r Morfarch ... 'ond does dim modd ei deall hi'n siarad ...'

'Oes!' meddai Alfred ac Elen yr un pryd!

'Mae'r geiriau dirgel,' meddai Elen, 'yn siŵr o fod yn anagramau, ac efallai bod pob anagram yn gliw all ddweud wrthon ni ble mae tân y ddraig!'

'YN HOLLOL!' atebodd Alfred mewn sibrydiad llawn cyffro.

Y rhai sydd orau am wneud rhywbeth.

'Malff, Llaen Mog, Ryll Weddar Iana ...'

Roedd hi wedi dod yn amlwg i Alfred ac Elena mai ANAGRAMAU oedd y geiriau hyn hefyd siŵr o fod, ac roedd rhaid eu datrys… roedd y geiriau'n sicr yn gliwiau allai helpu'r Ddraig ailddarganfod ei thân.

Ben Andrews a Siân Caruthers oedd pencampwyr gwneud anagramau Ysgol Y Garn, felly wrth i'r Morfarch ac Elen geisio deffro'r Ddraig, aeth Alfred yn ôl i'r adlen ac esbonio'r cyfan wrth y criw. Byddai'n rhaid cael help y ddau hyn, ac efallai'r criw i gyd, os oedden nhw'n mynd i lwyddo.

Yn ffodus, roedd Mr Elias wedi codi i fynd i siarad gyda'r heddwas, ac roedd Myng Lewis Vaughan yn rhy brysur yn gwau ac yn meddwl am Molly i wrando.

Ond dwedodd Alfred bopeth wrth y criw am ddarganfod y Ddraig a'r Morfarch ac am sut oedd Elen wedi achub y ddau anifail drwy eu lliwio'n fyw gyda'r creonau.

Esboniodd fod y Ddraig yn gallu hedfan ond ei bod hi'n siarad yn gymysglyd iawn. Esboniodd ei bod hi wedi colli ei thân a bod hyn yn ei gwneud hi'n drist ofnadwy. Esboniodd hefyd ei fod e – ac Elen a'r Morfarch – yn meddwl ei bod hi'n gwybod lle roedd y tân a'i bod hi'n ceisio dweud hynny wrthyn nhw, ond ei bod hi'n siarad yn hollol gymysglyd.

Roedd hi'n siarad mewn ANAGRAMAU.

'Leph' oedd HELP.

'Silp' oedd PLIS.

'Awnriffs' oedd FFWRNAIS …

Ond beth, tybed, oedd

Malff,

Llaen Mog,

Ryll Weddar Iana

??

I orffen, esboniodd ei fod e'n meddwl pe byddai'r Ddraig yn gallu dod o hyd i'w thân y byddai hi, O BOSIB, yn gallu chwythu tân dros y niwl a gwneud iddo ddiflannu … a phe byddai'r niwl yn diflannu O BOSIB y bydden nhw'n gallu dod o hyd i fan Mr Griffiths a Molly …

'Gwrando'n astud' yw ffordd arall o ddweud 'gwrando'n ofalus'.

35

Deffro'r Ddraig

◆◆◆◆◆◆◆◆◆◆◆◆◆◆◆◆◆◆◆◆◆◆◆◆◆◆◆◆◆◆◆◆◆

Roedd y criw i gyd wedi gwrando'n astud, a phan ddaeth Alfred i ddiwedd ei stori, dwedodd Siân Caruthers yn syth:

'Iawn! Dwi'n deall! Mae'n werth rhoi siot arni! Felly, gad i Ben a fi ddechrau gweithio ar y geiriau rhyfedd yn syth! A well i bawb arall ein helpu.'

Rhoddodd bapur a phensil yr un i'r ddau a dechreuon nhw ar y gwaith.

Ben yn gweithio ar Malff a Llaen Mog, Siân ar Ryll Weddar Iana.

Tra oedd y ddau'n gweithio ar yr anagramau, roedd Elen wedi llwyddo i ddeffro'r Ddraig, ac roedd hi wedi dod i sefyll yn ymyl y ddesg i wylio'r gwaith.

Roedd y Ddraig wedi edrych mor fawr yn y seler fach, ond yng ngharafán enfawr Miss Prydderch, roedd hi'n edrych yn fach. Hedfanodd uwchben y plant i gael gweld y gwaith yn well. Roedd hi'n amlwg wrth ei bodd. Roedd hi'n deall yn iawn beth oedd yn digwydd ac roedd hi'n teimlo mor hapus. Byddai hi'n DWLU cael ei thân. Doedd draig goch ddim wir yn ddraig goch heb dân. Roedd pob math o ddreigiau eraill yn y byd – rhai gwyn, rhai arian, rhai gwyrdd, hyd yn oed … ond dim ond y rhai coch oedd yn gallu chwythu tân.

Roedd tân holl ddreigiau coch Cymru'n dod o'r un lle, a phan oedd draig newydd yn cael ei chreu, roedd hi'n cael gwybod cliwiau'r gyfrinach ond doedd hi ddim yn gallu mynd yno nes ei bod hi wedi tyfu adenydd. A hyd yn oed wedyn, roedd rhaid iddi gael help gan blentyn i fynd yno. Oherwydd doedd draig ar ei phen ei hunan ddim yn deall y cliwiau. Problem Draig fach Tŵr y Mwg oedd ei bod hi wedi cael ei thaflu i'r seler ar ôl tyfu adenydd a doedd hi ddim wedi gweld yr un plentyn o gwbl nes i Alfred-afanc

Achos wrth gwrs un o'r 'planteiliaid' oedd Alfred y diwrnod hwnnw.

ddod yn bendramwngwl i mewn drwy'r drws.

A dim ond hanner plentyn oedd Alfred-afanc y diwrnod hwnnw.

Ond nawr, gydag Alfred yn blentyn go iawn a gyda'i bod hi wedi gwneud ffrindiau ag Elen hefyd, roedd y Ddraig yn meddwl yn siŵr y byddai hi, cyn bo hir, yn dod o hyd i'w thân.

Wrth gwrs, roedd hi wedi cofio'r geiriau hud yn ofalus ar hyd y blynyddoedd, ond wrth i amser fynd heibio ac wrth i'w hamlinell hi fynd yn wan, wan ac wrth iddi hi golli ei nerth, roedd y geiriau wedi cymysgu yn ei phen.

Does dim syndod ei bod hi'n hofran yn hapus wrth i Ben a Siân geisio dadgymysgu'r geiriau. Roedd y Ddraig fach yn synhwyro y byddai hi CYN BO HIR yn ddraig go iawn ac y byddai hi O'R DIWEDD yn dod o hyd i'w thân.

LAFFM MFFLA ALFFM ...

Roedd Ben yn trio ei orau gyda'r gair ac yn newid trefn y llythrennau'n gyflym a gofalus.

Yn sydyn, galwodd 'FFLAM!'

Neidiodd Myng Lewis Vaughan yn ei chadair a stopiodd y clic, clic, clic.

'Fflam?? Ble!? Tân??'

Ac er bod pawb yn drist achos bod Molly ar goll, roedd rhaid iddyn nhw wenu ychydig bach ...

'Na, Myng,' dwedodd Lewis, 'mae

Gair Ben oedd hwn am y tric roedd e'n gallu gwneud gydag olwynion ei gadair.

popeth yn iawn. Ni'n chwarae gêm, 'na i gyd!'

Ac yn ôl â Myng at y gwau … clic, clic, clic.

'MALFF yw FFLAM!' meddai Ben Andrews.

'Alfred! Rhaid dy fod ti'n iawn. Os taw Malff yw Fflam, falle BOD y gweddill YN esbonio ble allwn ni ddod o hyd i'r fflam …' a gwnaeth Ben twyrli cŵl iawn yn ei gadair.

Dechreuodd y Ddraig guro ei hadenydd yn llawen i gyd.

Roedd Ben yn agos at gracio cod ei eiriau fe hefyd. Roedd wedi trio:

Nella Ogm, Ellan Gom, Nog Lleam, Maell Gon. Dim lwc.

Yna, triodd eto. Maen Llog.

'Maen Llog!' sibrydodd yn uchel. 'Dyna'r ateb – Maen Llog!'

'Dwi 'di clywed y geiriau 'ny ond sai'n cofio beth maen nhw'n feddwl … Beth yw Maen Llog?'

Roedd Elen Benfelen yn cofio'n iawn. 'Y garreg fawr wastad yn y cylch cerrig! Cerrig yr Orsedd – dyna beth yw'r Maen Llog …'

Roedd dau anagram wedi'u datrys! Tybed a oedd y FFLAM yn byw yn y MAEN LLOG? Doedd hynny, rywsut, ddim yn debygol iawn. Carreg fawr oer oedd y Maen Llog, wedi'r cyfan.

Beth am y trydydd?

Roedd hwn yn un hir ac roedd Siân Caruthers yn crafu ei phen yn ofalus.

Ryll Weddar Iana

3   5   4

Roedd hi wedi trio pob math o gyfuniadau o lythrennau 3, 5, 4:

Yllr Reddaw Naia; Llyr Wadder Ania; Ddyr Llawran Enia ...

Doedd dim byd yn dod.

Ysgrifennodd y llythrennau ar i lawr. Roedd hynny weithiau'n help:

R	W	I
Y	E	A
LL	Dd	N
	A	A
	R	

Aeth ati i wasgaru'r llythrennau ar draws y darn papur. Roedd hynny hefyd yn gallu helpu.

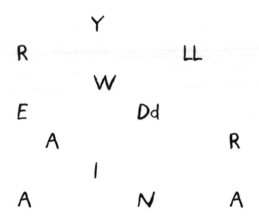

Dim byd.

Cafodd syniad wedyn. Ceisiodd feddwl am dri gair ond gyda nifer gwahanol o lythrennau, a dechreuodd gyda'r patrwm 2, 5, 5. Yn sydyn, roedd yr ateb yn amlwg!

2 = Yr

5 = Allwedd

5 = Arian

Ryll Weddar Iana = Yr Allwedd Arian.

YR ALLWEDD ARIAN!!

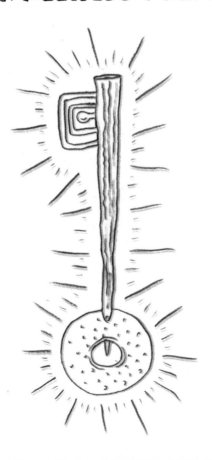

36

Hedfan

◆◆◆◆◆◆◆◆◆◆◆◆◆◆◆◆◆◆◆◆◆◆◆◆◆◆◆◆◆◆◆◆◆

'Dwi'n gwybod ble mae 'na allwedd arian!' meddai Alfred yn syth. Mae un yng Nghanolfan y Mileniwm. Yn fan'na hefyd mae'r gair FFWRNAIS a fan'na hefyd mae'r ddraig arian yn sownd wrth y wal ac yn fflachio'n goch! Dewch! Rhaid i ni fynd!'

Wrth glywed sibrwd cyffrous Alfred, cododd Myng Lewis Vaughan ei phen o'r gwau i wneud yn siŵr bod pawb yn iawn, a sbeciodd Mr Elias drwy ddrws yr adlen.

Tawelodd pawb.

A phan ailddechreuodd y clic, clic, clic, a phan drodd Mr Elias yn ôl i sgwrsio gyda'r heddwas, dechreuodd y plant gynllunio eto.

'Alfred, ti'n dweud bod rhaid i ni fynd … ond sut? Fydd Mr Elias a'r heddwas NO WAY yn gadael ni allan o'r adlen. Ni wedi ein carcharu! Ni'n styc! Yn hollol styc!'

'Pe bydde Miss Prydderch yma nawr byddai'n gwybod yn union beth i'w wneud!' meddai Elen. 'Bydde hi'n gallu dweud stori a bydden ni gyd yn gallu hedfan draw a mofyn yr allwedd a mynd i'r Maen Llog a chael y fflam ...'

Dechreuodd y Ddraig fach guro ei hadenydd yn gyflym, gyflym. Ben oedd y cyntaf i ddeall!

'Ond mae gyda ni ddraig!' meddai'n llawn cyffro, 'Ac mae Dreigiau'n GALLU HEDFAN!'

Edrychodd y plant i gyd ar y Ddraig. Roedd hi'n edrych mor fach. Sut yn y byd y byddai hi'n gallu cario hyd yn oed un ohonyn nhw, heb sôn am y dosbarth cyfan?

Dyma pryd herciodd y Morfarch draw.

'Wyddoch chi,' meddai'n araf, 'dwi'n meddwl bydd y Ddraig yn gallu cario o leiaf un ohonoch chi ar ei chefn. Pan aiff hi allan i'r awyr agored, bydd hi'n siŵr o dyfu. Mae ei chrafangau hi'n gryf iawn hefyd, ac mae'n debyg y bydd hi'n gallu dal un arall yn ei chrafangau …'

Trodd Alfred at y Ddraig.

'Ddraig, wyt ti'n ddigon cryf i hedfan?'

Doedd dim angen i'r Ddraig wneud dim mwy na gwenu i Alfred wybod yr ateb.

'Wyt ti'n ddigon cryf i gario un ohonon ni ar dy gefn, ac un yn dy grafangau?'

Curodd y Ddraig ei hadenydd yn llawen.

Cliriodd y Morfarch ei lwnc eto. 'Ga i awgrymu mai Elen sy'n mynd? Hi yw'r lleiaf a'r ysgafnaf.'

Edrychodd pawb ar Elen. Doedd Elen

Roedd Elen wedi bod ar ei gwyliau i Paris mewn awyren.

ddim wir eisiau mynd. Doedd hi ddim yn hoffi hedfan mewn awyren ryw lawer iawn, a doedd hi ddim yn hoffi hedfan ar y carped hud chwaith. Roedd hi bob amser yn teimlo braidd yn sic wrth fynd ar olwyn ffair heb sôn am hedfan! A nawr roedd ei ffrindiau i gyd yn gofyn iddi fentro hedfan ar gefn DRAIG.

Roedd hi ar fin dweud, 'Oes rhywun arall sy'n gallu mynd yn fy lle?' pan welodd hi wyneb Max, a'i glywed e'n dweud:

'Plis, Elen. Ti yw'r lleiaf … Ac mae Molly ar goll …'

Heb oedi mwy, clywodd Elen ei llais ei hun yn dweud 'Wrth gwrs!' a dechreuodd gerdded draw tuag at y Ddraig fach.

'A ga i awgrymu,' meddai'r Morfarch

eto, 'mai Ben sy'n mynd yn ei chrafangau hi. Oherwydd mae'r crafangau'n gallu bod yn bigog a bydd hi'n haws i'r Ddraig ddal yn nolen y gadair nag yng nghroen rhywun.'

Roedd Ben, yn wahanol i Elen, WRTH EI FODD yn hedfan.

'WRTH GWRS!' meddai'n syth.

'Iawn,' meddai Alfred wrth y Ddraig. 'Gwranda'n ofalus. Mae Elen yn mynd i ddringo ar dy gefn di, ac mae'n rhaid i ti ddal cadair Ben – gyda Ben ynddi hi – yn dy grafangau di … deall?'

Gwenodd y Ddraig eto. Roedd hi'n deall.

Clic. Clic. Clic. STOP.

Dyna lwc. Ar yr eiliad honno, roedd

'Dished o de' = 'paned o de'.

Myng Lewis Vaughan wedi stopio gwau, ac wedi codi gan ddweud, 'Dwi'n mynd i ofyn i Mr Elias a'r plismon a hoffen nhw ddished o de,' a cherddodd allan i ddrws yr adlen.

Dyna'r cyfle. Dringodd Elen ar gefn y Ddraig. Cododd y Ddraig ac Elen tuag at nenfwd y garafán, ac aeth Ben i osod ei gadair o dan ei chrafangau hi. Trodd Ben at y lleill gan ddweud:

'Bydd y niwl wedi diflannu ymhen dim!'

A chyda hynny, hedfanodd y Ddraig allan o'r adlen ac uwchben y plismon a Mr Elias a Myng. Roedd y plismon a Myng yn sgwrsio a welon nhw ddim byd. Ond

114

druan â Mr Elias! Roedd hwnnw'n meddwl yn siŵr ei bod hi'n bryd iddo fynd 'nôl i'r garafán at Mrs Elias i orwedd i lawr gan ei fod e'n dechrau gweld pethau od iawn yn y niwl … pethau fel dreigiau yn cario cadeiriau olwyn … o diar! Falle ei fod e'n sâl? meddyliodd wrtho'i hunan. Beth bynnag oedd yn bod, doedd pethau ddim yn dda iawn, da iawn, da iawn o gwbl.

37

Yr Allwedd Arian

◆◆◆◆◆◆◆◆◆◆◆◆◆◆◆◆◆◆◆◆◆◆◆◆◆◆◆◆◆◆◆◆◆◆

Pan laniodd Ben, y Ddraig ac Elen yng Nghanolfan y Mileniwm roedd y lle bron iawn yn wag. Dim ond rhai o swyddogion trist yr Eisteddfod oedd yn cerdded o gwmpas yn cario ffeiliau. Dylai'r lle fod yn llawn canu ac adrodd, dawnsio a sgwrsio, trafod a storïau. Ond roedd y niwl wedi rhoi ei dawelwch ar bopeth ac roedd pobl wedi cadw draw. Roedd hyn yn gwneud gwaith y tri anturiaethwr yn anoddach ac yn haws ar yr un pryd. Roedd pethau'n anoddach achos doedd dim modd cuddio ymhlith pobl eraill. Roedd pethau'n haws achos roedd llai o bobl i'w gweld nhw.

Roedd Elen yn cofio'n union lle roedd oedd yr allwedd arian. Roedd hi'n cofio Miss Prydderch yn eu harwain nhw yno ar ôl gosod stondin y 7G. Roedd hi'n cofio bod angen troi i'r chwith ar ôl dod mewn heibio'r brif fynedfa. Roedd hi'n cofio bod yr allwedd yn weddol agos at ble roedd y ddraig arian yn sownd wrth y wal.

Roedd y tri wedi hedfan yn syth i mewn drwy'r drws agored ac wedi mynd i guddio y tu ôl i biler ger y grisiau i aros i'r swyddogion gerdded heibio.

Pan oedd y llwybr at yr ALLWEDD ARIAN yn gwbl glir, gwthiodd Ben ei gadair olwyn yn gyflym ac yn dawel draw at yr allwedd. Arhosodd Elen a'r Ddraig yn gudd y tu ôl i'r piler.

Estynnodd Ben ei ddwylo'n grynedig at yr allwedd. Roedd hi'n hollol sownd. Doedd dim gobaith ei thynnu.

'Cym on, Ben,' sibrydodd Elen o du cefn i'r piler. 'Tynna!'

Tynnodd Ben gyda'i holl nerth. Ond doedd yr allwedd ddim yn symud. O gil ei llygad gwelodd Elen swyddog yr Eisteddfod yn cerdded yn nes ac yn nes a dwedodd mewn sibrydiad uchel:

'Defegerefege 'nôfôgôl, Befegen!'

Dere 'nôl Ben!

118

Roedd Ben wedi deall, ac olwyniodd ei ffordd yn cŵl yn ôl i'r guddfan.

'Dydy'r allwedd jyst ddim yn symud,' meddai'n drist, wrth i'r swyddog gerdded yn beryglus o agos heibio iddyn nhw.

'Dylen ni fod wedi dod â rhywbeth miniog gyda ni.'

Edrychodd y tri ar ei gilydd. Beth nawr?

Elen oedd y cyntaf i sylwi.

'Edrychwch!' meddai â'i sibrwd yn llawn syndod a'i bys yn pwyntio at yr allwedd arian. Trodd Ben a'r Ddraig fach i ddilyn ei bys, ac yno, yn dawel, dawel, dawel, roedd y ddraig arian wedi hedfan o'r wal ac wrthi'n defnyddio ei chrafangau i dynnu'r allwedd o'r wal!

Prin eu bod nhw'n gallu credu eu llygaid.

Gydag un *WICH*, daeth yr allwedd yn rhydd. Trodd y ddraig arian i edrych i'r chwith ac i'r dde. Roedd hi ar fin croesi draw at Elen a Ben a'r Ddraig goch pan welodd hi, yn y pellter, un arall o swydd-ogion yr Eisteddfod yn cerdded tuag ati. Heb ddim sŵn, cododd ei hadenydd arian ac yn lle croesi'r cyntedd, hedfanodd yn dawel ar hyd wyneb y wal yn ôl i'w lle gyda'r allwedd yn sownd yn ei thafod. Gosododd ei hun yn dwt ac aros yn GWBL lonydd nes i'r swyddog fynd heibio.

Gwnaeth Elen a Ben a'r Ddraig yr un peth. Doedd yr un ohonyn nhw'n symud dim troed na llaw na blewyn nac adain nac olwyn.

Clywon nhw'r swyddog yn tynnu cadair ac yn eistedd. Mentrodd Elen edrych draw. **Ffiw.** Roedd e'n yfed coffi o fflasg â'i gefn atynt.

Dyma'n cyfle ni! meddyliodd. Dringodd ar gefn y Ddraig a chododd honno o'r llawr a rhoi ei chrafangau am gadair olwyn Ben.

Hedfanodd y tri i gyfeiriad y ddraig arian.

'Dyma chi!' meddai hithau heb symud ei chorff o gwbl, gan estyn yr allwedd i Ben. 'Roeddwn i'n gwybod y byddet ti'n dod rhyw ddiwrnod, Ddraig Goch Fach,' meddai'n llawn cyffro. 'Mae'n hen, hen bryd i ti gael dy dân! Pob lwc iti. Mae gwir angen dy dân di arnom ni i gyd. Mae'n rhaid llosgi'r niwl. Fel y gwyddost, dydy dreigiau arian ddim yn gallu chwythu gwres, ond o leiaf gallwn ni helpu'n gilydd …

'Heno, byddaf i'n hedfan 'nôl i ffenest FFWRNAIS lle dwi'n hoffi bod, ac os byddwch chi wedi llwyddo i glirio'r niwl, byddaf i'n gallu edrych allan dros Fae Caerdydd a gweld y môr unwaith eto.

Chwytha'n galed ac yn falch. Cer amdani! Brysiwch!!!!'

A heb oedi mwy, trodd y Ddraig Goch at y drysau gwydr a hedfanodd y triawd allan i'r niwl.

'At y Maen Llog!' gwaeddodd Elen.

Wrth iddyn nhw hedfan heibio ffenest y ganolfan, cododd swyddog yr Eisteddfod ei ben o'i baned. Rhwbiodd ei lygaid. BETH???? 'O diar, diar, diar. Roedd y straen yn ormod iddo! Roedd e wedi blino'n lân. Roedd wedi poeni gymaint am y niwl ac am yr Eisteddfod nes ei fod yn dechrau gweld pethau rhyfedd iawn. Roedd hi'n bryd mynd adre,' meddyliodd. 'Dydy bobl iach ddim yn gweld dreigiau yn hedfan gyda bechgyn mewn cadeiriau olwyn yn eu crafangau, ac ar eu cefnau, ferched bach yn gweiddi "MAEN LLOG"! Na, roedd hynny'n AMHOSIB. Byddai'n well iddo alw'r doctor ...'

Oherwydd, fel Mr Elias tu allan i'r adlen, meddyliodd wrtho'i hunan ei fod e'n sâl. Yn sâl iawn.

38

Bron ar ben

◆◆◆◆◆◆◆◆◆◆◆◆◆◆◆◆◆◆◆◆◆◆◆◆◆◆◆◆◆◆◆◆◆◆◆◆

Draw ar lan y dŵr yn y Bae, roedd y dihiryn tal pen moel yn brysur wrthi'n cario pethau allan o fan Mr Griffiths a'u rhoi ar gwch. Roedd e'n agor y drws ochr, cario bocs neu ddau allan. Cau'r drws ochr. Drwy'r ffenest fach gallai Molly ei weld yn cario'r bocsys o'r fan ar hyd pont fach o bren, ond doedd dim posib gweld dim pellach na hynny. Roedd hi'n

Y gair Saesneg am 'dyfalu' yw 'guess'; weithiau mae Alfred yn dweud 'geso' yn lle 'dyfalu'.

dyfalu fod y bont yn arwain at gwch oherwydd roedd hi wedi clywed y sgwrs ar y ffôn, ond roedd y niwl yn cuddio'r cwch.

Roedd hi wir yn ofnus nawr, oherwydd bob tro byddai'r dihiryn yn agor drws y fan ac yn estyn am y stwff, roedd e'n dod yn nes at Gwen a Gwlanog ac felly'n nes ati hi.

Roedd hi'n dyfalu bod tua 3 thrip arall ar ôl cyn y byddai'r dyn drwg yn cyrraedd y ddwy ddafad. A phan fyddai'r ddwy ddafad yn mynd, byddai AR BEN ar Molly oherwydd byddai e'n SIŴR o'i gweld hi.

Wrth i'r dyn drwg nesáu at y fan, clywodd ei ffôn e'n canu.

125

'Ie! Helô?' meddai a'i lais yn gras.

'Bla di bla di bla di bla di bla ...' meddai'r llais ar ben arall y ffôn.

'Ie. Dim problem. Ond beth wyt ti eisiau i fi wneud am y defaid? Do we really need two stuffed sheep? Ddylen i eu taflu nhw i mewn i'r môr? What do you think? They seem pretty useless to me ...'

'Bla di bla di bla di bla di bla ...' meddai'r llais ar ben arall y ffôn unwaith eto.

'Ok. Syniad da! Ga i weld. Os oes lle ar y cwch, popeth yn iawn, os na, **Sblash** a Ta Ta Me Me ...' A rhoddodd ei ffôn yn ei boced.

'O pam o pam na fyddai Max a Mam a Dad yn gallu ei ffeindio hi?' meddyliodd

Molly. Ond roedd hi'n gwybod yn iawn pam. Ar y NIWL roedd y bai. Doedd dim posib dod o hyd i fan wen mewn niwl mor drwchus.

'YYYYYY!!' Tynnodd Molly anadl ddofn.

Dyma fe 'nôl! Y dihiryn! Agorodd y dyn drwg y drws, estynnodd ddau focs o lestri, a chaeodd y drws yn glep.

Dwy siwrnai arall … Dim ond dwy. Yna, byddai wedi cyrraedd y defaid. Ac ar ôl y defaid … MOLLY!

39

Llosgi'r niwl

◆◆◆◆◆◆◆◆◆◆◆◆◆◆◆◆◆◆◆◆◆◆◆◆◆◆◆◆◆◆◆◆◆◆

Ymhen chwinciad roedd y tri, y Ddraig, Elen a Ben, wedi glanio yng ngerddi mawr y castell ac yng nghanol cylch Cerrig yr Orsedd.

Roedd Elen yn cofio o wersi Miss Prydderch mai'r Maen Llog oedd y garreg fawr wastad yn debyg i lwyfan bach yng nghanol Cerrig yr Orsedd. Daeth Elen oddi ar gefn y Ddraig a gwthio Ben ar hyd y glaswellt. Roedd hynny ychydig yn anodd a'r olwynion yn mynd **bwmp-di-bwmp**. Ond roedd y Ddraig yn llawn cyffro yn gwybod ei fod ar fin cael ei thân, ac roedd hi fel pe bai hi'n gwybod yn union i ble roedd hi'n mynd.

Cyrhaeddon nhw'r Maen Llog a dechreuodd y Ddraig glirio'r glaswellt oddi ar y maen â blaen ei hadain a helpodd Elen hi. Roedd y Ddraig wedi'i chyffroi yn lân, ac roedd hi'n ailadrodd dro ar ôl tro ei geiriau cymysglyd: 'Malff, Awnriffs, Llaen Mog, Ryll Weddar Iana …'

Roedd Ben ac Elen hefyd yn llawn cyffro, ac yn deall yn iawn, os oedd y fflam yn y Maen Llog, ac os oedd angen allwedd, mae'n rhaid bod drws bach yn rhywle i'w agor.

Gyda hynny, gwelodd Elen dwll. TWLL CLO! A HEB AIR O GELWYDD, wrth graffu'n ofalus, ofalus gwelai DDRWS!!! DRWS DIRGEL. DRWS BACH. DRWS LLWYD. DRWS YR UN LLIW Â'R GARREG.

'Ben! Yr allwedd!' galwodd Elen yn llawn cynnwrf.

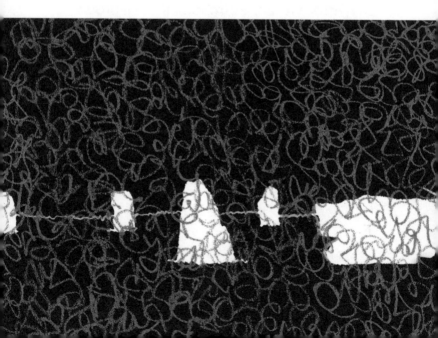

Estynnodd Ben yr allwedd i Elen, ac yn ofalus-gyffrous gosododd Elen yr allwedd arian yn nhwll y clo … ac yno, tu ôl i'r drws, roedd potyn bach gwydr ac yn y potyn roedd FFLAM!!!!

Tynnodd y potyn yn ofalus a'i roi i'r ddraig.

A gyda blaen ei thafod, cyn bod Elen na Ben wedi gallu dweud 'bydd yn ofalus', roedd y ddraig wedi llyncu'r fflam!

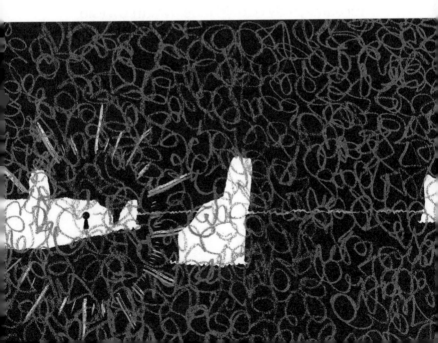

'Gweflau' yw'r gair am wefusau anifeiliaid.

Ysgydwodd ei phen yn gyflym a **FFRWYDRODD** yn DDRAIG FAWR.

Gyda hynny, estynnodd ei thafod coch allan a llyfu ei gweflau .

'**DIOLCH**,' meddai.

DIOLCH??? Roedd y Ddraig yn gallu siarad!!

'DEWCH!' meddai'r Ddraig Goch Fawr. 'Neidia ar fy nghefn, Elen! A ti, Ben, gad i mi afael yn dy gadair! Mae gwaith pwysig o'n blaenau ni.'

'Ond rwyt ti'n rhy fawr i fi nawr,' meddai Elen, 'fedra i ddim dringo ar dy gefn di … bydd rhaid i fi gael help!'

Gwenodd y Ddraig, a phenliniodd yn isel. Estynnodd ei hadain a gafael yn ofalus yn Elen a'i gosod yn dwt ar ei chefn.

A dyma'r triawd anturus yn hedfan fel mellten goch i fyny, i fyny a gwasgu i mewn drwy ffenest fawr agored Tŵr y Mwg.

Gosododd y Ddraig Ben ac Elen yn erbyn wal gefn yr ystafell, ac meddai, 'Sefwch ymhell 'nôl a gwyliwch hyn!'

Aeth at y lle tân mawr agored ac anadlodd yn ddwfn, yna, gydag Elen a Ben yn ddiogel yn erbyn y wal, aeth y Ddraig at y ffenest.

Gwthiodd y Ddraig ei phen yn gyfan drwy ffenest Ystafell yr Haf.

Agorodd ei cheg led y pen, a chydag un **RHUUUUU** enfawr, nes bod y

tŵr i gyd yn crynu, chwythodd lond ysgyfaint draig o DÂN COCH drwy niwl llwyd Caerdydd.

Mewn eiliad, dechreuodd yr awyr glirio!

Trodd y Ddraig wedyn heb oedi, rhoi Elen ar ei chefn a chydio yng nghadair Ben a hedfanodd y triawd drwy'r coridor ac i lawr i Ystafell y Gaeaf.

Yma eto, gosododd y Ddraig y ddau ffrind yn dynn yn erbyn y wal a mynd at

134

y lle tân mawr agored. Yno anadlodd yn ddwfn, a mynd yn syth at y ffenest.

Yma eto, agorodd ei cheg led y pen, a chydag un **RHUUUUU** enfawr arall nes bod y tŵr i gyd yn crynu eto, chwythodd lond ysgyfaint arall o DÂN COCH allan dros y brif ddinas.

Roedd y niwl erbyn hyn yn diflannu'n gyflym. A thrwy bob ffenest yn Nhŵr y Mwg, chwythodd y Ddraig un belen fawr o dân ar ôl y llall.

O'r diwedd, doedd dim ond awyr las i'w gweld ym mhobman.

'HWRÊ!!!!' gwaeddodd Elen a Ben. 'Mae'r niwl wedi clirio! Gawn ni fynd 'nôl i'r Maes Carafannau? Mae'n rhaid i ni ffeindio Molly.'

40

Ar lan y môr

◆◆◆◆◆◆◆◆◆◆◆◆◆◆◆◆◆◆◆◆◆◆◆◆◆◆◆◆◆◆◆

Roedd y tri wrthi'n hedfan ar ras drwy'r awyr 'nôl i gyfeiriad y Bae pan, yn sydyn, estynnodd y Ddraig ei hadenydd yn syth o'i blaen.

Roedd wedi gweld rhywbeth!

'Edrychwch! ... Ar lan y môr!' rhuodd.

Ac yno, ar lan y môr roedd fan Mr Griffiths wedi parcio, a dyn tal pen moel yn sefyll ar bont fach oedd yn arwain i mewn i gwch.

Doedd Elen ddim yn gallu credu ei llygaid!

'Brysia! Hedfana mor gyflym ag y gelli di, DDRAIG GOCH!'

'Iawn,' meddai'r Ddraig, 'ond yn gyntaf, bydd angen Alfred arnom ni.'

'Daliwch yn dynn,' meddai'r DDRAIG.

Rhuodd un belen fawr o dân a chyflymu ei hadenydd a throi i gyfeiriad y Maes Carafannau.

Doedd Elen ddim yn siŵr a oedd hwn yn syniad da. Doedd dim amser i'w wastraffu. Mae'n bosib bod Molly yn y fan yn rhywle!

Ond cyn iddi gael amser i feddwl, roedd

y Ddraig wedi disgyn i'r Maes Carafannau. Yno, roedd pawb wedi dod allan, diolch i'r awyr las, ond ar gais Mr Elias roedd pawb wedi mynd i chwilio fel morgrug o dan y ceir am Molly.

Welodd neb felly'r belen goch yn gwibio i lawr. Neb ond Alfred. Roedd e'n sefyll yn stond yn edrych i fyny fel petai'n disgwyl i'r Ddraig ddod i'w gasglu.

Heb sŵn o gwbl, penliniodd y Ddraig Fawr yn isel y tu allan i garafán 474 a chyn i neb sylwi, roedd Alfred, Elen, Ben a'r Ddraig yn ôl yn yr awyr yn gwibio fel mellten i gyfeiriad y môr.

'Ni wedi ffeindio fan Mr Griffiths!' gwaeddodd Elen wrth Alfred uwch rhuo'r Ddraig.

'Edrych!' a phwyntiodd tuag at y bont a'r cwch.

Gallai Elen ac Alfred weld fod dyn tal, pen moel yn sefyll ar y bont rhwng y cwch a'r fan yn dal pethau yn ei ddwylo, ac wrth iddyn nhw nesáu, daeth hi'n glir mai Gwlanog oedd yn ei law dde … ac yn ei law chwith …

NA! **BYTH!** Rhwbiodd y ddau eu llygaid … Ie! **Wir!**

'**Ben!**' gwaeddodd Elen. 'Edrych … yn llaw chwith y dyn tal, pen moel …'

Ac yno, yn hongian gerfydd hwd ei hwdi fel doli glwt roedd **MOLLY!!!!**

Disgynnodd y Ddraig yn is ac yn is fel bwled i gyfeiriad y cwch.

'Dal di Molly,' rhuodd wrth Ben. 'Alfred,

tynna dy wregys i glymu dwylo'r lleidr …
gadewch y gweddill i fi!'

Druan o'r lleidr! Doedd ganddo ddim
gobaith. Doedd dim niwl i'w guddio ac
roedd yr haul mawr melyn yn dangos yn
glir i'r byd beth oedd ei driciau drwg.

Cafodd gymaint o SIOC wrth
weld draig goch yn hedfan tuag ato,
gollyngodd Gwlanog yn un swp ar lawr
y bont.

Gyda hynny, bachodd Ben Molly a'i
rhoi i eistedd ar ei gôl … ac yna agorodd
y Ddraig ei cheg enfawr a dal y dyn moel
gerfydd ei drowsus.

Cydiodd Alfred yn nwylo'r dihiryn a'u
clymu'n dynn gyda'i wregys.

'I'r MAES CARAFANNAU!' gwaeddodd Alfred, gan fwynhau pob eiliad o'r antur fawr.

Ac wrth glwyd y maes, yn dawel heb ffws, gollyngodd y Ddraig Alfred ac Elen a Ben a Molly a'r lleidr i'r llawr, ac ar ôl chwythu un belen fach olaf o dân, aeth i eistedd yn union fel tegan ar fraich cadair olwyn Ben.

ANHYGOEL!

41

Defaid a dreigiau

◆◆

Mae'n anodd disgrifio'r hyn ddigwyddodd nesaf yn antur Dosbarth Miss Prydderch yn yr Eisteddfod Genedlaethol, oherwydd does dim geiriau iawn i'w cael i ddweud pa mor hapus oedd pawb wrth weld Molly'n ddiogel!

Dawnsiodd y disgyblion i gyd, plant Ysgol y Garn a Miriam a Mali o Gaerdydd a Llew a Tomos, y ddau gi aur. Gwnaeth

Sef sudd ffrwythau gyda dŵr.

Mr a Mrs Wyndham, mam a thad Molly, barti bach gyda llond platiad o falws melys, brechdanau ham a chaws a rhai jam coch a rhai afal wedi'i dorri mewn sleisys a sgwosh, yn yr hen gamper-fan. Roedd y byd i gyd yn gwenu, a'r haul mawr melyn yn chwerthin yn yr awyr las.

Aeth y lleidr yn syth i ddwylo'r heddlu ac i'r carchar, a chafodd Alfred ei wregys yn ôl yn ddiogel … (a rhag ofn dy fod yn poeni, oedd, roedd y chwistl-drwmp yn hollol saff yn y waled fach).

Trwy lwc, roedd hi bellach yn brynhawn Mawrth a bron yn amser i'r criw fynd i ganu yn y pafiliwn mawr, felly doedd dim cyfle i'r heddlu na'r oedolion holi gormod o gwestiynau. Roedd Alfred ac Elen a

Ben yn sylweddoli na fyddai neb WIR yn credu bod draig wedi achub y dydd.

A beth bynnag, roedd pawb yn rhy hapus i boeni gormod am sut a pham a beth.

Roedd Molly'n ddiogel. Doedd dim ots am lawer o ddim byd arall.

A'r unig air oedd yn dod mewn i ben Alfred oedd:

BEFEGENDIFIGIGEFEGEDIFIGIG.

Gyda'r niwl wedi clirio, roedd llais Molly'n well, ac aeth y criw i gyd yn hapus braf i ganu ar y llwyfan mawr.

Erbyn iddyn nhw gyrraedd Canolfan y Mileniwm roedd Stryd y Stondinau a'r holl Eisteddfod yn orlawn o bobl. Roedd y swyddogion yn cario eu ffeiliau yn wên o glust i glust. Roedd y beirniaid yn edrych yn hapus a phrysur. Roedd sŵn canu ac adrodd a dawnsio a chwerthin a sŵn llestri a gwydrau a siarad ymhob man.

Yng nghyntedd y ganolfan, a'r lle'n orlawn o bobl, wrth basio tua'r llwyfan yn dawel bach, rhoddodd Ben yr allwedd arian yn ôl yn ei blwch. Sylwodd neb. Neb ond y Ddraig Arian a roddodd winc fach gyfrinachol i Ben o'i lle ar y wal.

O'r diwedd, roedden nhw gefn llwyfan a Miss Prydderch wedi'u gosod i gyd i sefyll yn eu rhes cyn camu ar y llwyfan mawr.

'Dyna ni wedi cael antur a hanner,' meddai, 'ond bydd rhaid i bawb setlo nawr, a chanu eu gorau glas!'

Trodd i edrych arnyn nhw i gyd yn ofalus.

'Pawb a phopeth yn barod?' gofynnodd wrth ddal yn ei rhestr:

Mr Pickles	Gitâr?	'Ready.'	✔
Sion Bevan	Drwms?	'Barod.'	✔
Gwyn	Deleila?	'Barod.'	✔
Elen	Gwen?	'Barod.'	✔
Sara-Gwen	Gwlanog?	'Barod.'	✔
Alfred	Chwistl-drwmp?	'yyyy barod …'	✔

Doedd Alfred dal WIR ddim yn siŵr am chwarae'r chwistl-drwmp mewn tu fewn.

'Iawn. Bant â ni!'

A cherddon nhw i gyd ymlaen i'r llwyfan.

Roedd y neuadd yn orlawn ond gyda'r golau yn eu llygaid, doedd dim posib iddyn nhw weld neb yn iawn.

'Un … dau … three … four …' meddai Pud Pickles, a dechreuon nhw ganu.

Aeth popeth yn iawn! Wel, tan y darn rhwng y penillion. Wrth ddod at y llinell 'ysgwn i welsoch chi?' estynnodd Alfred am ei chwistl-drwmp …

AC O, ROEDD ALFRED YN IAWN!

Doedd hi ddim yn syniad da canu'r chwistl-drwmp mewn tu fewn, oherwydd

Roedd yr heddlu wedi achub
y ddwy ddafad o fan Mr
Griffiths ac o'r bont bren.

ar alwad y nodyn cyntaf, dechreuodd pawb yn y pafiliwn chwerthin a churo dwylo. Roedd Gwen a Gwlanog wedi dod yn fyw ac roedden nhw a Deleila yn dawnsio. GO IAWN!

Yna, dechreuodd y pafiliwn grynu'n ysgafn.

Agorodd y drysau i gyd led y pen ac er mawr SYNDOD i bawb, hedfanodd tair draig i ganol y llwyfan.

Draig y sêr oedd y cyntaf i gyrraedd. Roedd hi'n disgleirio ac yn dlws i gyd.

Y nesaf oedd draig arian ffwrnais y ffenest. Fflachiodd honno'n arian drwy'r neuadd.

Y nesaf oedd draig Twr y Mwg. Daeth hi i mewn a rhuo pelen o dân llachar nes

148

i holl swyddogion yr Eisteddfod neidio ar eu traed yn ofni'n siŵr y byddai'n rhaid cau'r ganolfan ... ond na! Doedd dim angen ofni dim. Oherwydd y peth nesaf, roedd y ddraig wedi llyncu'r belen dân yn ôl i'w chrombil.

WAAAW! AM DRIC!!!

Roedd pawb yn curo dwylo'n wyllt.

Roedd Mr Elias yn gweiddi 'da iawn, da iawn, da iawn' ar dop ei lais, a sylwodd e ddim ar Mrs Elias oedd wedi mynd allan gyda swyddogion yr ambiwlans am ei bod hi'n teimlo ychydig yn rhyfedd.

Rhoddodd Alfred ei chwistl-drwmp 'nôl yn ei wregys. Roedd e wedi meddwl ers blynyddoedd, ond nawr roedd e'n gwybod yn sicr – roedd gan yr offeryn bŵer hud.

Cyn gynted ag y gwnaeth e hynny, eisteddodd y defaid yn dwt yn eu lle, a diflannodd y dreigiau 'nôl allan drwy'r drws.

Doedd e DDIM yn mynd i ganu'r

chwistl-drwmp rhwng y penillion nesaf, waeth beth fyddai Miss Prydderch yn dweud. NO WAY!

D am Defaid. D am Dreigiau. Pwy a ŵyr … falle taw Deinosoriaid fyddai'n dod yn fyw nesaf!

NO WAY! NO WAY! NO WAY!

Pan orffennodd y criw ganu, roedd pawb yn y pafiliwn ar eu traed yn gweiddi 'Hwrê! Hwrê!' A gyda sŵn y curo dwylo'n atsain yn eu clustiau, aeth y plant allan i gael tynnu eu llun.

A dyna pryd ddaeth yr un darn nesaf o newyddion.

Roedd Mrs Elias wedi cael babi!

Merch fach o'r enw Tanwen.

'Enw da,' meddyliodd Alfred.

42

D am . . .

◆◆◆◆◆◆◆◆◆◆◆◆◆◆◆◆◆◆◆◆◆◆◆◆◆◆◆◆◆◆◆◆◆◆

A'r noson honno, er bod Dewi Griffiths yn cysgu'n sownd, doedd dim awydd cwsg ar Alfred.

Aeth allan o'r adlen ac edrych ar y sêr.

Gwelodd y ddraig yn y sêr yn wincio ato.

D. D am Defaid. D am Dreigiau.

Estynnodd ei chwistl-drwmp yn ofalus o'i wregys, a chwythodd yn ysgafn, ysgafn ambell nodyn i'r awyr agored.

A meddyliodd wrtho'i hunan …

D am Dad.